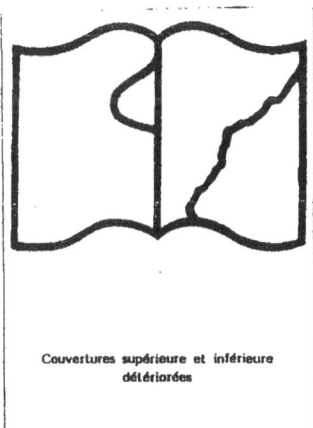

Couvertures supérieure et inférieure
détériorées

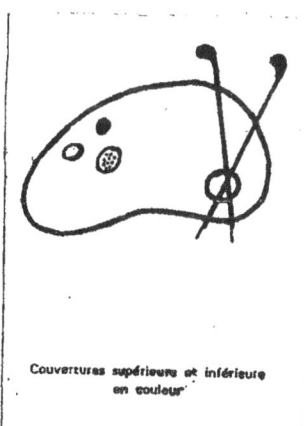

Couvertures supérieure et inférieure
en couleur

COUVERTURE SUPERIEURE ET INFERIEURE D'IMPRIMEUR

DEFET D'IMPRIMERIE TROUVE DANS LA RELIURE

saint. la convertit en lui disant qu'il étai...
la retirer des parches peu, charitables que d...
plames qu'on aurait jetées le long du chemin.

Voyez, ce jeune pâtre qui s'avance sur la scène. D'une
voix plus angélique qu'humaine, il célèbre le bonheur de la
vie champêtre

À peine a-t-il disparu que le sympathique auditoire voit
apparaître un chasseur ou plutôt un vieux braconnier
... la façon à intéresser tout le monde, l'histoire

...se romance.M. l'abbé Tigier,
...à la cure d'Anizy-les-...ait président
...tion intime, s'il avance sur l'estrade pour
...é à la circonstance. Il commença par
... tous l'absence forcée de son vénéré pré-
...ibert, vicaire général, auquel nous
...serve, nos chers frères. Ensuite, avec un
...le, il fait l'éloge des fils du Bienheureux
...lle qu'ils ont été les premiers à emplo-
...méthode de l'enseignement simultané.
...ien, n'a compris et n'a rempli la mis-
...ans de l'enfance. Les éclatants succès
...ussis, dans les divers examens, par
...dé, les discours, et prouvé à tout
...ance, excellente, méthode d'édu-
...t. N'on... pas obtenu... une médaille d'or pour le
...t. la dernière ...

...tienne?
à haut, puisse... la
...çais n'ignorent leur
...teur...

Une thèse d'Amra...
...rieuse le héro...

...dinal Langénieux l'a compris... ...
les diocésains pour les associer à son ...
suffit pas, leur dit-il, d'avoir pu donn...
tout l'éclat que vous savez. D'autres pou...
de ce souvenir. L'Église de Reims, ...
berceau de l'Institut, se doit à elle —
des actes plus éclatants, qu'elle app...
directe qu'elle recueille du triomphe d...
invite ses diocésains à élever un mor...
l'œuvre de foi et de charité, l'œuvre
Rémois: une église en l'honneur du s...
classe ouvrière. Et pourquoi une église
parler à l'enfance, ouvrir son âme aux...
son intelligence et former son cœur...
science humaine, pas que les esp...
acquises, il faut la grâce de Dieu. »

En terminant, le Cardinal s'adresse...
comme, de ses diocésains et il en a la g...
français qui ont à cœur la gloire de D...
les dévoués Frères des Écoles chré...

LA FEMME DU KAÏD

Les fiancées.

LA
FEMME DU KAID

Épisode des guerres d'Afrique 1837-1848

PAR

A. BERTHET

VINGT-TROIS GRAVURES DANS LE TEXTE OU HORS TEXTE

LIMOGES

Marc BARBOU & Cie, IMPRIMEURS-LIBRAIRES

Rue Puy-Vielle-Monnale.

1890

CHAPITRE PREMIER

LA

FEMME DU KAID

CHAPITRE PREMIER

OU L'ON FAIT CONNAISSANCE AVEC BEN SALEM, ALI-
BEN-HASSAN ET QUATRE AUTRE CHEFS ARABES.

Oran est la seconde ville de l'Algérie et serait
depuis longtemps la première si la colonie eût été
anglaise, au lieu d'appartenir à la France. Au premier coup d'œil, elle offre la physionomie de
toutes les villes orientales étalant au soleil

1.

leurs minarets et leurs dômes étincelants, et l'azur incandescent de son ciel lui donne un véritable prestige d'originalité.

Cependant ses rues n'ont même pas le caractère de certaines villes espagnoles où les Maures ont laissé de si glorieux monuments de leur domination. Les descendants de Ferdinand le Catholique, maîtres d'Oran, n'y ont bâti que des forts, et au lieu de temples, de mosquées, on y voit encore partout des murailles percées d'embrasures, qui en ont fait un second Gibraltar.

Autour de la ville, se développent de longs chemins couverts, des galeries de mine, des bastions couronnés par le Château-Vieux, le Château-Neuf, les forts de Santa-Cruz, de Bordj-el-Iordy, de Saint-Philippe, de Saint-André et de la Mouna qui commandent la plage.

Tout le reste n'est qu'un amas de maisons mauresques et espagnoles, pauvres et laides, dont l'aspect serrait le cœur il y a quelque trente ans.

Mais aujourd'hui, d'élégantes constructions françaises s'y multiplient et ont presque entièrement changé l'aspect de la ville.

A Oran, de même qu'à Alger, le marteau du tailleur de pierre, la truelle du maçon et l'herminette du charpentier, qui taillent et creusent, bâtissent sans cesse, ont transformé ces cités et en on fait des villes presque françaises qui conservent cependant un certain cachet oriental; mais l'épidémie des démolitions a pénétré jusque dans les quartiers les plus pauvres et les plus reculés.

Oran est coupé en trois quartiers, coquettement campés sur le plateau et les ondulations d'un monticule découpé par trois ravins tapissés de fleurs, de fruits et de verdure et peuplés d'oiseaux et de jardiniers. Cette triple cité, remarquable par ses blancs minarets et le clocher de son église cathédrale, soulève son front paresseux au-dessus de la Méditerranée, en écartant le feuillage qui lui fait un nid douillet, et s'endort dans les bras vigilants des imposantes citadelles qui veillent à sa défense.

Mais pour l'étranger, pour le touriste, il n'y a en réalité qu'un quartier à voir, car aujourd'hui, c'est à peine si le voyageur empressé de respirer le parfum des vieilleries nationales dans cette ville conquise, désireux d'y recueillir quelques traditions, peut se figurer qu'il n'est plus en Provence ou en Languedoc, tant ses yeux sont choqués à la vue des costumes français et des uniformes nationaux, tant ses oreilles sont maltraitées par les jurons marseillais et bordelais qui pleuvent comme grêle par les rues.

Le seul quartier digne d'attention est donc l'ancienne ville, le vieux quartier, partie moresque, partie juif et espagnol: Moresque par ses rues étroites, ses maisons basses et à terrasses, semblables à des tombeaux et où l'œil ne saurait pénétrer, par ses mosquées, ses bazars et sa Kasbah ; Juif par les boutiques qui l'encombrent et où les dignes fils d'Israël ont accumulé des défroques de deux siècles, des meubles d'une antiquité remarquable et d'un prix inestimable pour les antiquaires ; Espagnol enfin, par les batteries de Saint-Philippe et de Sainte-Thérèse et les inscriptions en langue cast l-lane qu'on y rencontre à chaque pas.

C'est dans ce quartier que nous allons essayer de pénétrer et de soulever un pan de muraille pour entrer dans une habitation moresque.

C'est une vaste construction bâtie sur le même modèle que les maisons voisines, sans façade extérieure et sans ornements particuliers d'architecture. Elle a la forme d'un quadrilatère, à un étage seulement, surmonté d'une terrasse et d'un toit plat.

Au-dessus de la porte d'entrée, l'on aperçoit un balcon recouvert de treillages en bois peint d'une couleur verte et tellement serrés que du dehors il est impossible de distinguer quoi que ce soit au travers. Cette porte donne accès dans une cour intérieure fort spacieuse et entièrement pavée en marbre blanc, au milieu de laquelle se trouvent une fontaine et un jet d'eau retombant dans une vasque également en marbre.

Tout autour de cette cour règne une galerie formée par des colonnes gothiques dont les chapiteaux et les frises sont sculptés admirablement et comme dentellés dans le granit rose. Sur cette galerie s'ouvre un vestibule carré aux angles duquel sont accroupis deux lions en marbre noir, semblant prêts à s'élancer sur leur proie ; c'est là que le maître de la maison reçoit ses visiteurs avant de les admettre dans les appartements intérieurs.

Un escalier qui vient aboutir à l'un des côtés du vestibule conduit au premier étage ; les marches en sont hautes et recouvertes de carreaux de faïence ornés de dessins de diverses couleurs. Gravissons-le, et nous arrivons au salon de réception.

Le plafond est en bois sculpté et offre des cartouches, des rosaces, d'un dessin original et très correct dû à la main de quelque artiste indigène. Ces ornements dorés, peints en rouge ou en bleu vif, recevant obliquement la lumière, produisent mille reflets capricieux, qui en relèvent encore le cachet oriental.

On ne voit dans ce salon ni tapisseries, ni tableaux, ni gravures ; quelques glaces bien rares sont le seul objet de luxe que se soit permis le propriétaire ; mais, tout autour de la chambre s'étale un large divan, recouvert d'étoffes de soie brochées d'or et d'argent, qui sert de siège le jour et de lit la nuit, et le plancher est recouvert d'un immense tapis de Smyrne qui semble placé là pour amortir le bruit des pas.

Trois hommes se trouvent dans cette salle, et comme ils sont destinés à jouer les rôles principaux de ce récit, je vais essayer d'esquisser leurs portraits en quelques lignes.

L'un d'eux, le plus âgé, est un homme de soixante-
cinq ans environ, au regard d'aigle, à la démarche
fière, aux traits imposants. Il est assis sur le divan,
les jambes croisées à la turque, aspirant avec déli-
ces la saveur de son tchibouk dont la fumée

s'échappe et se déroule vers le plafond en larges
spirales bleuâtres, et passe par instant la main sur
sa longue barbe blanche. Son costume est riche et
simple tout à la fois. Il porte le turban vert et
blanc orné d'une aigrette de diamants, la veste de
soie rouge soutachée de broderies d'or et laissant

apercevoir une ceinture de laine en poil de chameau
d'un bleu céleste éclatant, de laquelle sortent le
fourreau d'un yatagan incrusté d'argent et les pom-
meaux de deux pistolets de fabrication parisienne,
dont les crosses sont artistement ciselées. C'est un
don princier qui lui a été fait jadis par le duc d'Orléans, pendant un court séjour à Paris, en 1833. Ses
larges pantalons sont en drap d'Alger, d'une couleur bleu foncé, rehaussée par des passementeries
d'argent et de laine rouge entrelacées. Pour chaussures enfin, il a une paire de bottes évasées de la
forme de celles de nos spahis et ornées d'éperons
d'argent longs d'un demi-pied. Sur ses épaules est
jeté négligemment un burnous blanc par dessus
lequel s'en voit un deuxième écarlate qui contribue
à faire ressortir la richesse de son costume.

Le second semble se distinguer du premier par
l'austérité de ses vêtements. Il n'a ni la veste garnie
de pierreries, ni le turban de cachemire, ni les
culottes brodées d'or, ni le yatagan étincelant qui
parent son compagnon. Son costume est celui des
Arabes du désert. Son turban est en simple laine
faite de poil de chèvre. Il a des culottes noires et
un haïck presqu'en haillons qui disparaît à peu
près sous un burnous d'un blanc sale. De haute
taille, il a malgré cette simplicité un grand air de
distinction, mais sur son visage sont écrits les mots
de fanatisme et de cruauté: C'est un hadji, un marabout vénéré du désert.

Le troisième, enfin, paraît âgé de vingt ans à peine. Il est vêtu tout en blanc depuis sa chemise de lin à larges manches flottantes, son haïck en flanelle transparente et son burnous à flocons de soie et d'argent, jusqu'à la corde de chameau qui ceint son front pâle et mélancolique. Un foulard blanc relève un pan de son haïck et le fixe à la ceinture. Une veste en soie blanche, soutachée d'arabesques festonnées et couverte des poignets au coude et sur la poitrine d'une infinité de boutons d'argent fort petits, enveloppe son buste sans le serrer. Une touffe légère de barbe brune orne son menton, et sa démarche est à la fois alerte et nonchalante, élégante et dégagée. Sobre de gestes et de paroles, il a une main posée sur sa poitrine, une autre à son front, comme s'il cherchait à chasser loin de lui une pensée douloureuse.

Le premier de ces hommes est l'agha Ben-Salem-Khalifa; le second le marabout Hadji-Mohammed ben-Kaddour; le plus jeune se nomme Sidi-Ali-ben-Hassan, et tous trois se sont déjà fait un nom en Algérie par leurs exploits et leur haine contre les « roumis », les français conquérants de leur patrie, et en sont les ennemis acharnés.

Après un long moment de méditation et de prière, le marabout se releva avec la gravité habituelle a ceux de sa race, se dirigea d'un pas lent et solennel vers le divan sur lequel Ben-Salem était assis, et prit place à ses côtés en appelant d'un geste impératif Sidi-Ali, qui obéit machinalement.

— Ton zèle se ralentit, mon fils, dit-il à ce dernier, et par la barbe du Prophète, tu sembles avoir complètement oublié le but de notre rendez-vous en cette demeure.

— Cela est vrai, Hadji-Mohammed : depuis quelques jours je sens chanceler ma foi, et dois-je le dire, au moment de frapper un coup décisif, j'hésite et j'ai peur. Ces Français, que l'enfer les dévore à jamais, m'ont jeté un sort, et moi le plus vaillant chef des Smélas, le plus brillant cavalier des Beni-Amer, je sens que je deviens comme une vieille femme aujourd'hui. Mais je sens aussi grandir ma haine contre ces perfides, qui ont brûlé nos tentes et nos gourbis, emmené en captivité nos filles et nos sœurs, pillé nos douars, et enlevé nos cavales rapides comme le vent. Ah! je les exècre et j'ai juré de venger les miens, quel que puisse être mon sort à venir.

— Bien parlé, mon fils, dit Ben-Salem. Ton œil resplendit en ce moment de génie et d'audace et dément les paroles que tu prononçais tout-à-l'heure. Tu le sais, Ali, il faut en finir avec ces maudits. En ce moment, je suis l'envoyé du puissant émir fils de Mahi-Ed-Din, qui brûle de réunir sous ses étendards surmontés du croissant, les fidèles enfants de Mahomet, afin d'anéantir la domination des Franks sur notre belle Afrique, et lorsque les envoyés des Garabas, des Angaad et des Beni-Mansour seront arrivés, nous dresserons alors notre plan de campagne. Ils ne peuvent tarder, car la voix du muezzin a déjà appelé les fidèles à la prière, et notre esclave Mourad les attend dans le vestibule pour les introduire dès qu'ils paraîtront.

— Et en attendant, dit gravement le marabout, recueillons-nous et prions pour qu'Allah bénisse nos projets.

Ces trois hommes dès lors ne prononcèrent plus une syllabe et semblèrent changés en statues. Ali seul, par instants, paraissait tressaillir comme en proie à des pensées secrètes, mais ce n'était qu'un éclair; car il était observé, — il le croyait du moins — par Mohammed et Ben-Salem, et il retombait aussitôt dans sa morne et silencieuse apathie.

Bientôt des pas retentirent dans le vestibule, et l'on entendit le bruit des éperons résonnant sur les marches de l'escalier. Puis, l'on vit apparaître le nègre Mourad suivi de trois cavaliers richement vêtus qui se prosternèrent devant Ben-Salem en saluant à la mode arabe.

Celui-ci leur désigna le divan pour siège, et après avoir frappé dans ses mains, fit signe à Mourad, qui se présenta quelques minutes après, porteur de trois tchibouks et d'un plateau en argent sur lequel étaient six tasses en fine porcelaine qu'il déposa devant chacun des assistants. Il y versa le pur moka dont l'arôme exhalait un parfum délicieux. Les six hommes, d'une commune voix, murmurèrent la fameuse formule du Koran : « Allah ouaed Allah ou Mohammed rassoul Allah ! » (1) Et après avoir absorbé le contenu de leurs tasses, ils attendirent que le maître de la maison daignât les interroger.

Les derniers arrivants n'étaient autres que Mustapha-ben-Thamy, le scheik redouté, le schérif Ismaël, et Mohammed-ben-Ahmed, le grand chef

du désert, celui qui jusque-là était resté spectateur des luttes de la France avec Abd-el-Kader et dont l'Emir redoutait la puissance.

Ce fut lui qui rompit le premier le silence.

— Nous avons été convoqués comme de fidèles musulmans, dit-il avec lenteur, et je me suis rendu

(1) Il n'y a de Dieu que Dieu et Mahomet est le prophète de Dieu.

à l'appel qui m'était fait. Pourquoi m'avoir fait quitter mes tentes et mes cavaliers ? Parle, Ben-Salem, toi, dont le renom de sagesse et de bravoure est parvenu jusqu'à moi. Ce ne peut être, sans doute, pour le simple motif de me voir. En arrivant aux portes de la ville j'ai rencontré Ismaël-Schérif et Mustapha qui comme moi se rendaient ici, et je tiens à savoir le but de cette noble réunion.

— Enfants du prophète, s'écria Ben-Salem en se levant et en parlant d'une voix ferme et énergique, le sol de notre patrie est souillé par les roumis ; nos femmes, nos enfants ne sont plus en sûreté ; notre sainte religion est menacée, le Koran tend à disparaître pour faire place à l'Evangile des infidèles. C'est la guerre sainte, qu'au nom de l'Emir, le grand, le puissant, le magnifique Sidi Abd-el-Kader, fils de Mahi-Ed-Din dont je suis le Khalifa, je viens vous proposer ; c'est la guerre sainte que j'ai mission de vous prêcher. L'Emir appelle sous ses étendards tous les enfants du Prophète, quels que soient leur âge et leur condition, car il a juré de défendre pied à pied notre territoire, de réunir les tribus à sa voix. Il est inspiré d'Allah et il chassera les Franks de l'Afrique. Voilà pourquoi Mohammed-ben-Ahmed, je t'ai fait appeler ; voilà pourquoi on a réuni avec toi Mustapha et Ismaël-Schérif, voilà pourquoi, enfin, Ali-ben-Hassan et Mohammed-ben-Kaddour sont ici. A vous cinq, vous représentez toutes les plus puissantes confédérations arabes de l'Algérie, les Garabas, les Beni-Amer, les Angaad, les Beni-Mansour et les Kabyles. Et moi, je représente ici les Hadjoutes, et ceux des plaines du Schéliff et de la Magriana; c'est-à-dire qu'entre nous tous, nous concentrons toutes les forces de l'Algérie. Le moment est venu de marcher contre les infidèles, que le bey de Constantine attend derrière ses murailles pour leur infliger une nouvelle défaite. L'Emir veut recevoir votre réponse avant d'agir. Que dois-je lui mander?...

Ben-Salem était grand en parlant ainsi; on eut dit un de ces héros d'Homère se préparant au combat et inspiré par les Dieux. Son regard était fier, majestueux et lançait des éclairs de colère et de vaillance tout à la fois. Il se tut, et s'assit, attendant la réponse des autres chefs.

— Par la jument noire du Prophète, dit Mohammed-ben-Ahmed, tu parles bien, Ben-Salem, et tu m'entraînerais presque à entrer dans les projets de ton maître, si je ne savais pas que le but caché de l'Emir est de se rendre souverain de l'Algérie, une fois les roumis chassés. Tu te mords les lèvres, n'est-ce pas, de voir que j'ai deviné les intentions secrètes de ton maître. Quand les Français viendront m'attaquer au désert, ils auront affaire à mes braves cavaliers, mais pour le moment, je ne puis me déclarer encore leur ennemi. Ah! Sidi Abd-el-Kader est un fin politique, et voudrait nous jouer; mais, heureusement que j'ai su lire dans son cœur, et que je comprends ses desseins de nous asservir.

— Quant à moi, dit à son tour Mustapha-ben-Thamy, au nom des Kabyles, je m'engage à amener à l'Emir un contingent de dix mille combattants, dont deux mille cinq cents cavaliers. Ecoute, Mohammed, continua le vaillant scheik, en lui prenant la main, il faut à tout prix que nous débarrassions l'Afrique de ces Franks abhorrés, et un seul chef est capable de nous guider à la victoire, c'est l'Emir, le vaillant et sage fils de Mahi-Ed-Din, et pour moi, je me soumets aveuglément à ses ordres. Une fois victorieuses alors, les tribus redeviendront libres et pourront se choisir le maître qui leur conviendra. Voudrais-tu, par ton ambition, faire avorter nos projets, et livrer ton pays aux infidèles ?...

— Non, tu ne le ferais pas, Mohammed, s'écria à son tour Ismaël-Schérif, ou les musulmans te maudiraient tous. L'Islamisme est en danger ; il faut relever l'étendard du prophète et que le Croissant l'emporte sur la Croix. Et je suis de l'avis de Mustapha, car à ma voix, les fières et guerrières tribus des Garabas et des Beni-Slassen se lèveront comme un seul homme, et j'amènerai 12,000 cavaliers à celui qu'Allah inspire et qui seul, jusqu'à ce jour, a su mettre en échec les armées du sultan de France.

— Merci, mes amis, au nom de l'Emir et de l'Islamisme dont il est le soutien, reprit Ben-Salem; je savais que votre concours me serait acquis. Mais

toi, Mohammed-ben-Ahmed, je t'en conjure, pour
des motifs futiles, mettras-tu un obstacle à notre
soulèvement, et entraveras-tu nos projets si bien
médités de victoire et de liberté ?... Réfléchis, Ben-
Ahmed, toi le lion du désert, toi que je sais un
scheik vaillant et magnanime. Hâte-toi de prendre une décision, tu dois être notre allié, nous aider
dans la lutte, ou alors te déclarer notre ennemi.
Ne serait-ce pas affreux que de combattre des frères ? N'avons-nous pas eu déjà assez de renégats,
de ces misérables que le titre de Kaïd ou d'agha
donné par les Francs a rangés sous leur domination, et pour lesquels un bon musulman doit être
sans pitié ?... Regarde Ali-Ben-Hassan, qui n'a pas
hésité à frapper son propre frère Hadj-Achmet, et
à combattre son oncle, Mustapha-ben-Ismaël !...

— Et je suis prêt à frapper encore de mon yatagan tous les ennemis de l'Islam, exclama Ali.
Malheur aux infidèles qui tombent entre mes mains;
il faut que le Croissant triomphe et dussé-je subir
les supplices les plus affreux que je n'hésiterais
pas à donner ma vie pour l'Emir et mon pays.

Mohammed était ébranlé par ces paroles énergi-
ques, et un combat intérieur se livrait dans son
cœur, entre la voix de l'ambition et celle du patriotisme. Il hésitait encore à répondre affirmative-
ment, quand le marabout Sidi-Mohammed-ben-
Kaddour s'approcha de lui et l'entraîna à l'écart.
Que se passa-t-il entre eux, et que fut-il convenu ?

Nous le saurons plus tard, mais en quelques minutes Mohammed-ben-Ahmed revint à sa place, et
tendant la main à Ben-Salem lui dit : Ton éloquence
et la sagesse de Ben-Kaddour ont triomphé de mon
incertitude. Je prends mon parti cette fois, et les
Angaad se joindront aux soldats de l'Emir.

— A la bonne heure, s'écrièrent tous à la fois les
cinq autres chefs. Maintenant les tribus sont assu-
rées de la victoire.

Et tous, d'un commun accord, saluèrent gravement
leur compagnon, comme preuve de leur déférence.

C'est que Mohammed-ben-Ahmed était un de ces
chefs de partisans valeureux et redoutés d'Abd-el-
Kader, que les Beni-Mzab avaient mis à leur tête,
et dont on connaissait la puissance. C'est que ce
scheik était le seul qui gênât les communications
de l'Emir avec l'empereur du Maroc et les schérifs
de la plaine, et qu'il eût été un ennemi terrible.
Aussi, son adhésion à la ligue fut-elle chaudement
reçué par ces fanatiques.

Alors, on discuta le plan de campagne à adopter.
Ali-ben-Hassan qui était l'émissaire du bey de Constantine vers lequel l'avait envoyé Ben-Arrach, le
bras droit de l'Emir, déclara que Hadji-Ahmed,
était décidé à faire une vigoureuse résistance et
qu'il espérait cette fois encore que les murailles
de Constantine verraient anéantir la nouvelle armée
qui s'avançait pour le soumettre.

— Attendons, dit Ben-Salem, que les Franks

épuisés par ce désastre soient en déroute et bientôt,
à un signal donné, les provinces d'Oran et de Constantine se lèveront sur un signe de l'Emir, nous
reprendrons Oran d'abord, Alger ensuite, et nous
jetterons à la mer ces fils de chien; alors le Croissant s'élèvera de nouveau sur les murs de la Kasbah et l'Islamisme sera sauvé en Afrique.

Cette décision, à laquelle tous applaudirent fut
prise à l'unanimité et chacun des assistants se
retira pour rentrer, dans sa tribu et y prêcher la
guerre sainte, c'est-à-dire la mort des Français, et
la délivrance de la patrie envahie.

Au coucher du soleil, la vieille maison moresque
ne contenait plus personne que le nègre Mourad,
son gardien habituel.

Et cependant, parmi ces fiers guerriers, parmi
ces fils des Maures et des Arabes conquérants de
l'Espagne et de l'Asie mineure, il y avait un traître! si toutefois l'on peut donner ce nom à l'homme
qui comprenant les bienfaits de la civilisation avait
sacrifié d'avance sa vie et son avenir à la réalisa-
tion de ses projets humanitaires. Cet homme, ce
traître, c'est celui qui nous a paru le plus farouche,
le plus sanguinaire malgré son jeune âge. C'était
Sidi-Ali-ben-Hassan.

Mais, pour comprendre son double rôle, reculons
de quelques mois en arrière, et peut-être trouverous-
nous un palliatif, sinon une excuse à sa trahison.

Le 6 juillet 1836, l'Emir Abd-el-Kader attaquait

la colonne du général Bugeaud pour l'arrêter dans sa marche sur Tlemcem.

Profitant du moment où les Français débouchaient dans la vallée du Sefsif, il chercha à la tourner pour l'assaillir à la fois en tête et en queue mais pendant qu'il opérait ce double mouvement, nos bataillons percèrent son centre et le séparèrent de ses ailes. Par cette habile manœuvre, les Arabes furent précipités dans les gorges de l'Isser et mis en pleine déroute. 12 à 1.500 Arabes restèrent sur le champ de bataille et environ 130 hommes de l'infanterie régulière furent faits prisonniers. Cette affaire reçut le nom de combat de la Sikkak et Abd-el-Kader fut contraint de fuir devant nos armes victorieuses, jusqu'à Mascara, d'où il se retira à Tagdempt, sur la frontière du désert, ou pour mieux dire, non loin des contreforts du grand Atlas.

Aïi-ben-Hassan, que sa naissance et son courage autant que son dévouement à l'Emir avaient placé au nombre des principaux officiers de ses troupes régulières, se trouva au nombre des blessés restés sur le terrain. Dans son aveugle fanatisme, il se croyait d'avance condamné à mourir, et s'attendait à être fusillé. Quel fut son étonnement lorsqu'il se vit transporté doucement dans une ambulance et soigné avec autant d'égards qu'un de nos officiers.

Dirigé sur Oran, à l'époque de sa convalescence, le hasard fit qu'il fut logé comme prisonnier sur parole chez le commandant Yousouf.

Yousouf, on le sait, était un ancien mameluck de Tunis qui s'était enfui de cette ville et qui depuis notre occupation de l'Algérie combattait dans nos rangs; par sa bouillante intrépidité, il avait gagné l'estime de tous nos généraux.

Ali était fait pour le comprendre, et bientôt une véritable intimité régna entre ces deux vaillants soldats. L'officier d'Abd-el-Kader se pénétra bien vite du caractère chevaleresque de ses ennemis, et Yousouf aidant, il étudia nos institutions, nos mœurs, nos coutumes; tout le portait à embrasser notre parti, et à se faire le frère d'armes de son hôte; mais il était enchaîné par son amitié pour l'Emir, par son rang, sa qualité et sa religion.

Un événement inattendu acheva ce que l'amitié avait commencé.

Dans la maison de Yousouf se trouvait une famille française.

M. Martin était un ancien négociant de Grenoble qui, après de nombreux revers, était venu s'établir à Oran, où grâce à son activité et à son courage il n'avait pas tardé à se faire une nouvelle situation. Il occupait avec sa femme et ses filles, Angèle et Emilie, un vaste appartement comprenant tout l'étage supérieur.

Une entente ne tarda pas à s'établir entre cette famille et Ali qui éprouvait une vive sympathie pour Angèle. Les deux jeunes gens se promirent une affection éternelle et Ali, foulant aux pieds son fanatisme, résolut, dès cet instant, de devenir l'un des agents les plus actifs de cette civilisation qui lui paraissait si belle.

M. Martin comprit tout le parti qu'il pourrait tirer pour la France de l'influence que sa fille avait acquise sur l'esprit du jeune officier d'Abd-el-Kader : « Deviens Kaïd, lui dit-il, et Angèle sera ta femme. »

Ces paroles suffirent pour faire d'Ali un de nos plus fougueux partisans. Mais la situation de la France en Algérie était alors très précaire, car elle avait à lutter à la fois contre le bey de Constantine pour réparer l'échec de ses armes, contre l'Emir Abd-el-Kader et les vaillantes tribus qui se ralliaient à lui.

Yousouf trancha la difficulté et décida son ami à ne pas se déclarer ouvertement pour la France, mais au contraire, à retourner à Oran et au camp de l'Emir, à Constantine même, pour avertir les Français de ce qui se tramait contre eux.

Ce rôle équivoque fut accepté par Ali qui fut présenté au général commandant à Oran ; et il fut décidé qu'Ali serait renvoyé libre à Abd-el-Kader comme ayant payé sa rançon.

Le jeune Arabe se rendit donc près de l'Emir auquel il raconta qu'il avait racheté sa liberté, et celui-ci se hâta de l'expédier à Constantine, d'où nous l'avons vu revenir à Oran pour assister au complot formé entre les principaux chefs arabes.

Suivons-le au sortir de la maison de Ben-Salem qu'il vient de quitter avec ses compagnons.

CHAPITRE II

CHAPITRE II

ANGÈLE ET FATHMA

Ali, après avoir quitté Ben-Salem et Mohammed-ben-Kaddour se dirigea vers une des rues les plus écartées d'Oran et frappa à la porte d'une maison de modeste apparence. Un Koulougli, reconnaissable à son habillement, vint lui ouvrir : C'était son fidèle serviteur Yacoub.

Changer d'effets, et prendre un modeste repas fut pour lui l'affaire de peu d'instants, et Ali monta bientôt chez Yousouf, auquel il raconta en quelques mots son voyage à Constantine et le complot tramé par Ben-Salem.

Un instant après, tous deux étaient réunis chez le général Bugeaud, et le complot était dévoilé avec tous les détails nécessaires au gouverneur d'Oran, qui remercia affectueusement le chef arabe.

Maintenant, lui dit-il, ton rôle n'est pas fini ; tu dois retourner près de l'Emir et de là tu nous tiendras au courant des entreprises qu'il pourra méditer contre nous.

Ali s'inclina et sortit, mais avant de partir, il voulut voir celle qui devait être sa femme et pour laquelle il se faisait traître et parjure envers ses frères.

Angèle était une brune et svelte fille du Dauphiné à la taille élégante, aux grands yeux noirs, au teint mat et parfois coloré d'une légère rougeur.

Un éclair de joie passa dans ses yeux, car elle aimait sincèrement son fiancé, et elle courut au-devant de lui.

— Eh bien ! lui dit-elle, c'est décidé, tu nous restes maintenant et, espérons-le ensemble, bientôt je te verrai Kaïd ou agha et alors nous pourrons nous unir, comme mon père te l'a promis?

— Non ! je pars au contraire, dit Ali ; je pars exécuter un ordre du général ; ma mission n'est pas terminée, mais je viens te demander du courage, car j'en ai grand besoin. Est-ce que pour toi, je ne suis pas un traître, un renégat, que plus tard les siens maudiront?...

— Au contraire, cher Ali ; plus tard, et lorsqu'ils auront appris à connaître la France, lorsqu'ils sauront combien est doux le joug qu'on veut leur imposer, tes compatriotes te béniront.

— Dieu le veuille, dit Ali. Puis, poussant un

soupir et serrant énergiquement la main d'Angèle et celle de sa sœur, il descendit chez lui, mit deux pistolets dans sa ceinture, un yatagan à son côté, sauta en selle et disparut bientôt suivi de Yacoub.

Laissons-le se diriger sur Médéah où il doit rejoindre l'Emir et voyons ce qui se passa après son départ.

Le général Damrémont avait déjà reçu par un de ses officiers d'état-major, le capitaine Foltz, des détails très précis sur Constantine où il l'avait envoyé en mission près du bey Ahmed : le juif Busnach, appelé par celui-ci, avait entamé des négociations avec le gouverneur général de l'Algérie, mais Ahmed s'était trop flatté de traîner les choses en longueur, pour obtenir des secours de la Turquie, et lorsque Damrémont reçut le message du général Bugeaud, il se hâta de prendre toutes les dispositions nécessaires pour s'emparer de Constantine et réparer l'échec que nos armes avaient subi l'année précédente.

Cette fois, le corps expéditionnaire fut porté à 10.000 hommes, et un matériel de siège composé de 8 pièces de fort calibre, 3 mortiers et 6 obusiers, sans compter les pièces de campagne fut destiné à suivre nos troupes ainsi que des approvisionnements considérables conduits par le train des équipages. Les brigades furent commandées par le duc de Nemours, les généraux Trézel, Rulhières et le colonel Combes ; l'artillerie fut mise sous les ordres du

général Valée et le génie dirigé par le général
Rohault de Fleury. Elles se composaient des 11ᵉ,
23ᵉ, 26ᵉ et 47ᵉ régiments de ligne, du 2ᵉ et 17ᵉ léger,
des zouaves, des turcos, des spahis et du 3ᵉ chasseurs d'Afrique.

Le 1ᵉʳ octobre, les troupes partirent de Medjez-
Amar avec le matériel de siège et le 6 octobre, à
9 heures du matin, la première colonne arrivait sur
le plateau de Mansourah.

Comme l'année précédente, Ben-Aïssa commandait les troupes de l'intérieur et Ahmed-Bey celles
de l'extérieur.

D'immenses pavillons rouges, s'agitaient orgueil-
leusement dans les airs, et les artilleurs arabes
étaient à leur poste, nous saluant avec une admirable rectitude de leurs bombes ou de leurs boulets.

Le général en chef décida que l'attaque réelle
aurait lieu par Coudiat-Aty et qu'il serait simple-
ment établi 2 ou 3 batteries sur le Mansourah pour
éteindre les feux de la Kasbah et ceux du front
d'attaque.

La colonne principale s'y établit donc pendant
que les autres prenaient position sur le plateau de
Sidi-Mabrouk, d'où elles pouvaient la renforcer au
besoin.

Le 7 eut lieu la première sortie des assiégés, et
elle fut repoussée avec avantage par les zouaves et
le 2ᵉ léger du côté de la porte d'El-Kantara. Une
seconde attaque avait lieu en même temps sur le

L'Emir Abd-el-Kader.

Coudiat-Aty, mais les soldats du 3ᵉ bataillon d'Afrique, le 26ᵉ de ligne et la Légion mirent les assaillants en pleine déroute.

Pendant la journée du 8, on éleva une batterie supplémentaire dénommée batterie Damrémont et qui reçut 3 pièces de 24 et 2 obusiers ; et le 9, le feu commença, mais sans résultat. Alors le général en chef fit concentrer toute l'attaque par Coudiat-Aty et cette nouvelle batterie eut tout le succès désirable.

Le 11, les canons de Coudiat-Aty tonnèrent et en moins de trois heures, le couronnement des murailles fut détruit ou mis hors d'état de protéger les pièces. A 2 heures et demie un premier éboulement eut lieu, et ce coup heureux fut salué par mille cris de joie de nos vaillants soldats.

C'est alors que le général fit sommer Ahmed de se rendre, pour éviter les horreurs de l'asssaut, et celui-ci lui fit cette orgueilleuse réponse : « Il y a à Constantine beaucoup de munitions de guerre et de bouche. Si les Français en manquent nous leur en enverrons. Nous ne savons pas ce que c'est qu'une brèche ou une capitulation et nous défendrons à outrance notre ville et nos maisons. Vous ne serez maître de Constantine qu'après avoir égorgé son dernier défenseur. » Damrémont au reçu de cette réponse s'écria : « Ce sont des gens de cœur, eh bien ! l'affaire n'en sera que plus glorieuse pour nous » ; puis il monta à cheval et se dirigea sur Coudiat-Aty avec son état-major.

Quelques instants après un boulet parti de la place, le renversait sans vie au moment où il examinait la brèche, pendant qu'une balle atteignait et blessait grièvement le général Perregaux qui s'élançait pour le soutenir dans sa chute. Officiers et soldats s'empressèrent autour des deux corps inanimés, mais tout secours était inutile.

Le général Valée, le plus ancien du corps expéditionnaire, prit aussitôt le commandement. Une demi-heure après, toutes les batteries tonnaient, renversant tout ce que les assiégés avaient accumulés pour réparer la brèche.

Le 13 au matin, l'ordre fut donné de monter à l'assaut : le capitaine du génie Boutault et le capitaine des zouaves Garderens, avaient été reconnaître la brèche et l'avaient jugée pratiquable.

Ce fut le duc de Nemours qui donna le signal ; et, sous les ordres du colonel Lamoricière, les zouaves se précipitèrent sur la brèche à travers une grêle de balles, renversant tout sur leur passage. Bientôt, ils couronnèrent le rempart de leurs baïonnettes entourant le drapeau tricolore, soutenu par le capitaine Garderens. Un grand nombre d'entre eux avaient été frappés mortellement ou blessés, mais ils étaient maîtres de la porte El-Kantara et de la brèche et se précipitèrent dans la ville, malgré un feu très vif de mousqueterie.

Alors s'engagea de maison en maison, un combat terrible, acharné ; on carmouchait sur les toits,

on tiraillait au croisées, on chargeait à la baïonnette dans les allées et les boutiques.

Cette lutte est impossible à décrire. Il faudrait
un Ossian ou un Homère pour en retracer les péripéties émouvantes.

Là furent blessés nombre d'officiers distingués ;
là furent tués le colonel Combes et le commandant
Sérigny ; là fut mis hors de combat le vaillant Lamoricière, qui sauta avec une centaine de ses braves,
au moment de l'explosion de la poudrière.

Le colonel Corbin remplaça comme commandant
les colonels Combes et Lamoricière, et ce fut lui
qui fit entrer dans la ville les colonnes d'assaut
dont le général Rulhières prit aussitôt la direction.
Constantine était à nous : les chefs de la ville se
soumettaient et le général donnait l'ordre de cesser
le feu et entrait à la Kasbah. Huit jours après, la
colonne retournait à Alger, en y laissant une garnison de 2500 hommes.

Pendant que nos troupes faisaient le siège de
Constantine, Abd-el-Kader n'avait pas perdu son
temps.

Instruit par Ben-Salem et Ali du résultat de leur
tentative, il leva le masque, et déchira nettement
le traité de la Tafna. A son instigation, à celle de
Ben-Salem et de Mustapha, tout le Sahel fut
bientôt en feu. Les tribus coururent aux armes.
Le frère de l'Emir El-Hadji-Mustapha s'empara de
Blidah et y leva des contributions ; les Hadjoutes

se soulevèrent et des razzias sans nombre furent
opérées par les cavaliers rouges de l'émir qui ins-
titua partout où il put ses créatures comme fonc-
tionnaires publics, tout en envoyant à Paris son
secrétaire Sidi-Mouloud-ben-Arrach pour se rendre
le roi favorable.

Et pendant ce temps-là, par une adroite politique,
il cherchait à contracter alliance avec le bey Ahmed,
qui depuis sa chute errait dans le désert avec ses
partisans.

Pendant ce temps, que faisait notre héros? car
Ali joue le principal rôle dans cette longue et glorieuse résistance à la domination française.

Ali, investi du commandement d'un bataillon de
l'infanterie régulière de l'Emir, jouait admirablement son rôle, et il n'y avait pas un mouvement
de celui-ci qui ne fût indiqué d'avance, sans que nul
pût s'en douter.

Hélas! une cause bien futile en apparence, mais
dont les résultats furent bien sérieux, dévoilà tout
le mystère dont Ali cherchait à s'entourer.

Pendant les premiers mois qui suivirent la prise
de Constantine et le retour d'Ali au camp de l'Emir,
rien ne put faire supposer que le jeune et brillant
officier des réguliers était livré aux Français. Nous
l'avons déjà dit, l'Emir l'aimait pour son caractère
bouillant et chevaleresque, pour sa valeur dans les
combats et enfin par rapport à sa haute naissance,
car il était le neveu du célèbre Mustapha-ben-Ismaël,

le chef des Douairs. L'Emir avait établi son quartier
général à Mascara, puis il l'avait transféré à Tagdempt où il avait installé des fabriques d'armes et
de munitions, et où toute sa smalah, ses femmes,
celles de ses lieutenants et leurs filles, leurs enfants,
l'avaient suivi.

C'était un peu avant l'affaire de la Sikkak, c'est-
à-dire avant l'instant où Ali blessé avait été transporté à Oran et conduit chez Yousouf. Le jeune
et vaillant cavalier, était alors le fiancé de la belle
Fathma, la gazelle du désert, aux sourcils d'ébène
et aux dents d'ivoire, la fille du scheik Ali-Kodjia-
bou-Bekri, de la tribu des Flittas.

L'aimait-il? Dieu seul le sait, mais la belle jeune
fille n'avait pu voir, sans émotion, le brillant officier de l'Emir, et elle était ravie chaque fois qu'il
rendait visite à son père.

Depuis plusieurs mois, elle s'était aperçue que son
fiancé la négligeait et à plusieurs reprises, lorsque
Ali-Kodjia avait sommé Ali de tenir sa parole, celui-
ci, avait prétexté la guerre et demandé un répit,
pour attendre de meilleurs jours.

Le scheik avait accueilli sans soupçon ces réponses, et avait même essayé de faire comprendre à
Fathma que le temps n'était guère propice pour
célébrer un hymen.

La jeune fille avait paru le croire, mais l'œil
clairvoyant de la femme lui montrait que là n'était
pas le but de son fiancé. Elle résolut donc de veil-

ler et de faire surveiller tous les mouvements d'Ali ;
un sentiment intérieur lui disait qu'elle était trom-
pée ; et elle donna un de ses colliers de perles à
l'un de ses plus fidèles serviteurs, le vieux mais
agile Ibrahim, pour le vendre et lui en apporter
le prix.

Lorsqu'elle eut reçu l'argent résultant de la

vente de ce riche bijoux, elle prit à part le vieux
serviteur.

Ibrahim, lui dit-elle, tu sais si j'ai en toi toute
confiance je vais t'en donner aujourd'hui une grande
preuve ; puis-je compter sur ton dévouement
absolu ?

Parlez maîtresse, Ibrahim donnerait sa vie pour

vous à l'instant même et sans hésiter, car il vous
la doit. Ne l'avez-vous pas sauvé de la mort par les
soins que vous lui avez donnés pendant une longue maladie, et sa femme Kadidja n'est-elle pas
morte dans vos bras?

— Eh bien! mon bon Ibrahim, il faut que tu
m'obéisses aveuglément. Ali-ben-Hassan, tu le
sais, est mon fiancé, et j'ai la presque certitude
qu'il me trompe, mais il me faut des preuves. Tu
vas partir : sois muet et discret, mais suis-le dans
l'ombre, attache-toi à ses pas, et tâche de savoir ce
qu'il fait, où il va et pour qui il me délaisse. Voilà
des douros pour t'aider à le démasquer, et le jour
où tu me diras ce qui se passe, ce jour là Fathma te
bénira et sera récompensée au centuple de tout ce
qu'elle a pu faire pour toi.

— Maîtresse, vous serez obéie et je vous jure sur
le tombeau du prophète, que je n'aurai ni repos, ni
trève jusqu'à ce que j'aie découvert ce que vous
me demandez.

Un instant après, Ibrahim sortait de la demeure
de Ali-Kodjia et s'attachait aux pas du jeune officier
des réguliers, épiant tous ses mouvements, cherchant à lire dans son regard et dans sa pensée, sans
que celui-ci pût s'en douter.

L'espion des Français était espionné à son tour...

Plusieurs mois se passèrent sans que rien pût
déceler les menées secrètes d'Ali, tant il y mettait
de prudence, car l'Arabe est circonspect de son

naturel, et le jeune homme savait qu'il jouait sa tête. Ce fut en vain qu'Ibrahim, chercha à surprendre ses secrets. Un instinct particulier de défiance semblait le tenir en éveil. Pourtant, l'espion ne désespéra pas, et attendit avec patience qu'une occasion favorable se présentât.

Sur ces entrefaites, l'Emir déclara la guerre au marabout Tedjini, dont la famille gouvernait la ville d'Aïn-Maddy et qui avait refusé de reconnaître son autorité.

Irrité de l'audace du vieillard et surtout dans le but de s'assurer un refuge inaccessible aux armes françaises, il se mit en marche vers la fin de mai 1833 et vint mettre le siège devant la ville ; mais il ne put en obtenir la capitulation et le siège traîna en longueur, ce qui contrariait à la fois et Ali, obligé d'y prendre part, et Ibrahim qui ne pouvait rien apprendre. Enfin Aïn-Maddy se rendit et Tedjni en sortit vaincu, rançonné, mais le cœur plein de ressentiments.

Ce succès, quoique chèrement acheté, enfla l'orgueil de l'Emir et les secours qu'il recevait de l'empereur du Maroc entretinrent ses espérances et ses intentions secrètes.

Il revint à Mascara, car son absence prolongée dans la province d'Oran nuisait à ses véritables intérêts. Ses exactions obligées par ses besoins sans cesse renaissants, lui aliénaient ses meilleursamis, ses plus dévoués serviteurs, Les Hachem surtout ne

pouvaient oublier qu'il leur devait son élévation et
sa fortune.

D'un autre côté, Tedjni, secondé par plusieurs
chefs, organisait son armée pour lutter contre
lui, tandis que le 12 mai 1839, les Français s'em-
paraient de Djidjelli.

L'Emir, qui avait épuisé toutes ses munitions de
guerre au siège d'Aïn-Maddy, en sollicita de nouvelles auprès du gouverneur général de l'Algérie,
qui lui en refusa. Alors, il recourut à l'empereur
du Maroc et aux Anglais, aux Génois, aux Tos-
cans, qui lui en fournirent.

Il lui fallait, pour sortir de cette position difficile,
un émissaire sérieux, et Abd-el-Kader jeta les yeux,
malgré son son jeune âge, sur Ali-ben-Hassan pour
l'envoyer au maréchal Valée.

Ali eut certes préféré se rendre à Oran, où l'appelaient ses amitiés personnelles, mais il fallait
obéir, et il partit, accompagné de Yacoub.

Ibrahim le suivit à distance avec la ferme inten-
tion de connaître cette fois la vérité. A Alger, Ali
fut reçu par Yousouf, qui le conduisit au gouverneur, et lui remit la lettre de l'Emir, lettre par laquelle celui-ci sollicitait l'autorisation de faire un
pèlerinage aux saints marabouts de la Zouaoua,
avec une simple escorte de quelques cavaliers.

Caché sous le burnous d'un spahi, qui était son
neveu, Ibrahim présent à cette entrevue et témoin

des honneurs rendus à Ali, ne douta plus de sa trahison.

Mais il lui fallait d'autres preuves. Il ne pouvait
s'arrêter à des présomptions, et il résolut de continuer son rôle en silence.

Aussi se contenta-t-il de reprendre avec Ali la
route de Tagdempt.

Pendant ce temps, Fathma se mourait d'impatience et de jalousie : le hasard la servit mieux
que son espionnage.

Angèle, depuis plusieurs mois, n'avait reçu que
de loin en loin des nouvelles d'Ali. Voulant en
avoir à tout prix, elle se décida à lui écrire.

Profitant du départ d'un certain nombre de spahis pour Mascara, elle chargea un jeune officier
de ce corps de faire parvenir directement une lettre
à celui qu'elle devait épouser.

Cet officier indigène connaissait beaucoup Ali-
ben-Hassan ; il accepta la mission qu'on lui confiait, avec promesse solennelle qu'elle serait bien
remplie.

Mais, arrivé à Mascara, son escadron s'arrêta :
il ne pouvait aller plus loin sans violer le traité
conclu avec Abd-el-Kader.

Tagdempt est à dix-huit lieues de Mascara. Or, il
ne pouvait s'y rendre : c'eût été folie d'y penser.
Il envoya donc un Arabe de la tribu des Flittas
porter la lettre à destination, avec promesse d'une

forte récompense, doublement accordée par lui d'abord, et par Ali ensuite.

L'Arabe partit et arriva sans encombre à Tagdempt ; mais quand il demanda la demeure d'Ali, on lui indiqua la maison d'Ali-Kodjia, et ce fut à celui-ci que la missive fut remise, à sa grande surprise.

Il demanda de qui elle provenait, et après avoir donné quelques douros au messager, il courut près de sa fille Fathma.

— Vois, lui dit-il, je viens de recevoir un firman(1) d'Oran pour ton fiancé Ali ; tu le lui remettras toi-même quand il sera de retour.

— Donnez, père, s'écria la jeune fille, dont les yeux étincelaient de joie et de fureur tout à la fois.

Et à peine le scheik était-il parti, qu'elle poussa un soupir de satisfaction.

— Enfin, dit-elle, je vais donc savoir...

(1) Lettre.

CHAPITRE III

CHAPITRE III

Fathma brisa le cachet de la missive et essaya de lire les caractères qu'elle contenait ; mais la pauvrette ne savait pas un mot de français et l'eût-elle su, qu'elle n'aurait pu lire l'écriture fine et serrée de la lettre.

Comment faire ?

Elle se souvint alors qu'il y avait à Tagdempt un vieux juif qui avait longtemps habité Alger et le midi de la France. Il se nommait Aaron.

Appelant un de ses serviteurs, elle lui donna l'ordre d'aller sur-le-champ chercher le juif et de l'amener à n'importe quel prix. Elle fut obéie.

Aaron, croyant qu'il s'agissait de bijoux ou de colifichets à l'usage des jeunes filles, prit une cassette renfermant ce qu'il avait de plus précieux, et

se rendit, précédé du serviteur de Fathma, chez
Ali-Kodjia.

A peine était-il arrivé dans les appartements intérieurs, qu'il s'empressa de prendre ses clefs pour
ouvrir sa cassette, et il commença à vanter sa
marchandise.

Fathma l'arrêta d'un geste.

— Juif, lui dit-elle, ce n'est ni pour t'acheter, ni
pour te vendre aucun objet que je t'ai fait venir ici,
mais j'ai besoin de tes services, et je les paierai
largement. Veux-tu me servir ?

— Sans doute, sans doute, dit doucement le fils
d'Israël, je ne demande pas mieux, si je puis le
faire et t'être utile, car tu as la genérosité de Salo-
mon, la grâce de Rébecca et la bonté de Ruth.

— Eh bien ! réponds-moi alors. Tu sais parler
français ; sais-tu lire l'écriture des infidèles ?

— Oui, je puis la déchiffrer, si elle est facile
à comprendre.

— Essaie alors, et si tu peux me satisfaire, tu
fixeras toi-même ta récompense.

Alors elle tendit la lettre à Aaron, qui, après l'a-
voir tournée et retournée, lut la suscription, et pour
faire payer plus cher ses services s'écria : Mais elle
est pour le seigneur Ali-ben-Hassan, l'officier de
l'Emir !...

— Peu t'importe ; lis, et tu n'y perdras rien.

Aaron, après avoir mis ses lunettes, lut alors
d'une voix grave ce qui suit :

« Cher Ali,

» Pourquoi ce silence, et pourquoi donc ne plus
me donner de vos nouvelles. M'auriez-vous tout-à-
fait oubliée, ou vos occupations sont-elles si nombreuses que vous ne trouviez un instant pour me
tranquilliser ? Je ne sais que penser de ce rotard

à m'écrire. Etes-vous malade ? Avez-vous encore
une fois été blessé au siège d'Aïn-Maddy, où je sais
que vous êtes allé ? Alors, faites-le moi savoir,
pour que j'aille vous porter mes soins, car vous
savez combien votre existence nous est chère à tous.

Mais je crois plutôt que les occasions vous ont manqué. Je profite du départ d'un détachement de spahis pour vous faire parvenir ma lettre, et j'attends bien vite une réponse, car vous la recevrez, certes, celle-là, Sidi-Mouza me l'a juré, et vous le connaissez. Hâtez-vous donc, car nous ne sommes pas sans inquiétudes sur votre sort, et je suis convaincue que vous n'oubliez pas votre dévouée

Angèle. »

Pendant la lecture de cette lettre, pourtant si discrète, qu'Aaron traduisait en arabe à mesure qu'il la déchiffrait, le visage de Fathma avait changé, et celui qui l'eût observée avec attention aurait été effrayé de la haine et de la colère qui se manifestaient sur ses traits gracieux.

Quand il eut fini : Juif, dit-elle, voilà un bracelet d'or pour ta peine. Reviens ici demain à pareille heure et en secret ; tu n'auras pas à t'en plaindre, et que nul au monde, entends-tu, ne puisse se douter de ce que tu viens faire ici. Va, et tes intérêts me répondent de ta discrétion. Demain, à la troisième heure, sois ici.

Une énergie factice avait soutenu la jeune fille pendant toute cette scène ; mais dès qu'Aaron fut parti, elle se mit à pleurer abondamment. Son cœur était plein de haine. Elle flottait indécise, ne sachant à quel parti s'arrêter ; mais elle était musulmane, et n'avait pas la douce morale de l'Evangile pour la consoler dans son affliction.

Elle passa une longue nuit d'insomnie et ne s'endormit que vers le matin, formant encore des rêves agités, mordant à pleines dents les tapis de soie sur lesquels elle était étendue.

Puis tout à coup, elle se sentit consolée. Une seule pensée la dominait désormais : La vengeance !

Oui, elle avait soif de se venger; mais comment? et sur qui ?... sur elle ou sur lui ?

Sur elle, d'abord, se dit-elle. Et son plan fut bien vite arrêté, car lorsqu'une idée germe dans la tête d'une femme, elle a bientôt pris une décision.

Le lendemain soir, lorsqu'Aaron, fidèle à sa parole, revint auprès d'elle, elle lui demanda s'il pouvait écrire en français ; car il fallait que sa rivale crût à un message d'Ali-ben-Hassan. Son plan était tout tracé.

Sur la réponse affirmative du juif, elle lui dicta les lignes suivantes :

« Chère bien-aimée,

» Je suis malade et blessé ; je n'ai pas tes bons soins et c'est ce qui prolonge ma maladie. Si tu étais près de moi, je serais bientôt guéri . Ah! je t'en prie, viens me rejoindre. Je suis à El-Bordj, dans le pays des Flittas, au-dessus de Mascara. Je t'attends et ta présence me guérira.

» Ton Ali. »

Lorsque cette lettre eût été écrite, et qu'Aaron

lui en eût répété les paroles, elle la saisit rapidement et la mit dans les plis de sa ceinture.

— Maintenant, dit-elle, il ne me reste plus qu'à savoir son adresse, et certes je la trouverai, ou plutôt Ibrahim saura bien la trouver lui-même. Que n'est-il ici !...

Elle remercia le juif, auquel elle remit vingt douros ; il sortit en s'inclinant et jurant de garder le silence ; puis la vindicative Arabe résolut d'attendre patiemment le retour d'Ali et d'Ibrahim.

Son plan était arrêté d'avance. A El-Bordj, elle avait une habitation, de nombreux serviteurs, et elle voulait tout disposer pour y faire conduire sa rivale captive. Une fois là, elle aviserait.

Quelques jours après, Ali rentrait à Tagdempt et le vieil Ibrahim était dépêché par Fathma à Oran, pour s'informer de la demeure d'Angèle et lui porter le prétendu message de son fiancé, puis lui servir de guide pour la conduire à El-Bordj. Il jura de s'acquitter fidèlement de la mission qu'on lui confiait, et se mit en route pour Mascara d'où il devait gagner Oran.

Pendant qu'il est sur la route de cette ville, suivons les opérations de l'Emir.

Au lieu de se rendre à la Zouaoua, il se dirigea, suivi de ses cavaliers, vers les montagnes de Bougie, où il fit son apparition; mais, mal accueilli par les Kabyles, il reprit la route de Médéah et se rendit à Thaza, où il essaya de fonder une ville.

Ses émissaires, actifs et dévoués, parcoururent les trois provinces pour exciter les indigènes à se joindre à lui, à déserter la cause des Français pour se rallier à son étendard. Il alla même jusqu'à refuser de payer les contributions que lui imposait le traité de la Tafna.

Le duc d'Orléans, alors en Algérie, décida avec le maréchal Valée qu'une expédition aurait lieu contre lui, et le 25 octobre, deux divisions, l'une sous ses ordres, l'autre sous ceux du général Galbois, se mirent en marche, ignorant encore le but des opérations, connu seulement du prince et du maréchal. Le 25 au soir, elles étaient campées sur les bords de l'Oued-Bousselam, principal affluent de la rivière de Bougie, le 26 elles se dirigèrent vers le Sud, et le 27 elles se remirent en marche à sept heures du matin, au milieu d'un épais brouillard qui couvrait la plaine mamelonnée qu'elles traversaient.

Un avis secret d'Ali parvint alors au maréchal et lui annonça qu'Omar, khalifa d'Abd-el-Kader, paraissait vouloir occuper les Portes-de-Fer.

Aussitôt la cavalerie de la 2e division fut envoyée contre lui ; mais à l'approche du lieutenant-colonel Miltgen, Omar abandonna son camp et gagna le désert. Deux heures après, notre colonne faisait halte sur le plateau de Drâ-el-Hammar, où se termine la plaine, tandis que l'avant-garde s'établis-

3.

sait sur celui de Sidi-Hatdan, près de l'Oued-Bou-Kheteun.

L'armée avait fait 20 lieues en deux jours.

Le scheik Mokrani fut nommé khalifa par le maréchal, et reçut l'investiture du burnous en promettant de servir fidèlement la France ; tous les siens l'imitèrent.

Là, les deux divisions se séparèrent : la division Galbois se dirigea sur la province de Constantine pour occuper Sétif et ravitailler Zamourah ; la division d'Orléans continua sa route vers les Portes-de-Fer.

« Il lui fallut gravir de rudes sentiers, des montées presque à pic, auxquelles succédaient des descentes pénibles ; puis la colonne se trouva au milieu d'une gigantesque formation de rochers escarpés s'élevant de chaque côté en roches calcaires de 8 à 900 pieds de hauteur, toutes orientées de l'est à l'ouest, murailles interrompues par des intervalles de 40 à 100 pieds et allant s'appuyer sur des crêtes découpées en passages presque infranchissables. Une dernière descente à pic conduisit au milieu du site le plus sauvage qu'on puisse imaginer, sur un fond entouré de rochers surplombant et où cent hommes déterminés auraient pu arrêter un corps d'armée. Là, se trouve la première porte, ouverture de huit pieds de largeur, pratiquée perpendiculairement dans une de ces grandes murailles. Des ruelles latérales, formées par la destruction des parties

marneuses, se succèdent jusqu'à la deuxième porte,
si étroite qu'un mulet chargé peut à peine y passer ;
la troisième est à 15 pas plus loin, à droite ; la
quatrième plus large, à 50 pas a gauche de la troisième ; puis le défilé s'élargit et n'a plus que 300
pas d'étendue. A l'extrémité de cette sombre gorge,
la colonne trouva une belle vallée éclairée par un
brillant soleil, et gagna la grande halte indiquée,
chaque soldat tenant à la main un rameau de verdure arraché au tronc des vieux palmiers solitaires
qui croissent au bord des rochers.

» L'entrée et la sortie des gorges furent occupées
par des compagnies d'élite, et vers 4 heures, la colonne se remit en route et bivouaqua le soir à El-
Makalou, à deux lieues de Bibans, mais après avoir
gravé sur l'une des Portes-de-Fer cette inscription :
« ARMÉE FRANÇAISE, 1839. »(1)

Pendant ce temps-là, l'Emir ne restait pas inac-.
tif. Son khalifat Ben-Salem s'était établi sur le
revers des montagnes de la rive droite, vers l'Oued-
Nava. On sut cette nouvelle par des lettres saisies
sur deux messagers arrêtés par nos éclaireurs, et
il était temps, car sans cela, un soulèvement général eût été probable.

Au moment où notre colonne débouchait dans la
vallée de Hamza, Ahmed-ben-Salem couvrait de ses
troupes la crête opposée.

(1) Léon Galibert, Histoire d'Algérie.

Après avoir fait occuper les hauteurs de l'Oued-Hamza par son infanterie, le duc d'Orléans lança sa cavalerie dans la vallée, et celle-ci chargea les cavaliers arabes, qui se replièrent sans brûler une amorce. A part quelques coups de fusil tirés de loin en loin, la division put rentrer au camp du Fondouk sans être inquiétée.

Mais le passage d'une armée française à travers les Portes-de-Fer causa une immense impression parmi les indigènes et les frappa de stupeur ; bientôt leur orgueil reprit le dessus, et l'Emir ne put cacher plus longtemps ses mauvaises dispositions à notre égard.

Cependant, Ali n'avait pas pris part à la démonstration de Ben-Salem. Il avait d'autres vues et d'autres pensées qui le reportaient sans cesse vers Oran et se sentait mal à l'aise auprès de son chef ; aussi n'attendait-il que le moment de se prononcer hautement pour les Français. Mais l'heure n'était pas encore venue pour lui.

Tandis que le jeune officier était aux côtés d'Abd-el-Kader, Ibrahim était à Oran, prêt à obéir à sa maîtresse.

Le plus difficile était de savoir où demeurait Angèle. L'Arabe est peu causeur de son naturel ; mais quand il y a urgence pour ses intérêts, il fait assez bien manœuvrer sa langue.

Notre homme chercha d'abord dans le quartier neuf, puis dans le vieux quartier.

Mais à Oran, il y avait plus d'un Martin, et à toutes ses demandes, on lui répondait invariablement : Que fait-il? et Ibrahim l'ignorait.

Il n'aurait probablement jamais trouvé, sans l'aide de ce même spahi, son neveu, qu'il rencontra près du fort Saint-Philippe et à qui il conta sa peine et ses démarches inutiles.

— Bah! répondit celui-ci, je vais bien te trouver cette belle Française. As-tu été chez Yousouf?... Tu sais qu'il a été l'hôte, l'ami d'Ali-ben-Hassan après l'affaire de la Sikkak ?

— Non ! je l'ignorais, dit Ibrahim.

— Va donc chez lui, et par la barbe du Prophète, tu sauras ce que tu demandes, car il doit pouvoir t'éclairer.

Ibrahim suivit ce conseil et se rendit chez Yousouf. Il était absent et en colonne à ce moment-là. Que faire alors ?

Le vieux serviteur se creusait la tête et paraissait désespéré de réussir, lorsque deux voix fraîches et sonores se firent entendre et il distingua parfaitement le nom d'Angèle. Ce fut pour lui une révélation.

En face de la demeure de Yousouf il y avait un Maltais qui vendait des oranges, des sorbets, des gâteaux et autres friandises, dans une échoppe. Ibrahim alla droit à lui et lui demanda s'il ne connaissait pas une mouquère (1) du nom d'Angèle

(1) Nom donné aux femmes arabes.

Martin ; car, ajouta-t-il, j'ai là une lettre pressante
pour elle, et on m'a dit qu'elle demeurait par ici.

— Et l'on ne t'a pas trompé, dit le Maltais. La
famille Martin demeure dans cette maison en face
de nous, et il y a en effet une des deux filles qui
porte le nom d'Angèle.

L'Arabe ne put dissimuler sa joie et remercia du
fond du cœur Allah et Mahomet de l'avoir exaucé
et de l'avoir conduit là à point nommé.

— Merci, ajouta-t-il en s'adressant au Maltais, tu
ne saurais croire combien je suis heureux de t'a-
voir rencontré. Qu'Allah te bénisse !

Et d'un pas grave et lent, il se dirigea vers la
demeure indiquée, monta l'escalier et frappa à la
porte.

Ce fut Emilie, l'aînée des deux sœurs, qui vint
ouvrir la porte. A sa vue elle recula, car ses haillons malpropres n'inspiraient guère en sa faveur,
et elle lui demanda brusquement ce qu'il voulait
et qui il demandait.

Ibrahim était embarrassé, car il ne connaissait
que quelques mots de français. Cependant il prononça distinctement les mots qu'il avait si bien
retenus : Angèle Martin ; et il ajouta d'un air si
ému : Ali-ben-Hassan, qu'on le fit entrer sur-le-champ.
Emilie alla chercher son domestique mozabite, Yacoub, pour lui servir d'interprète.

La conversation ne fut pas longue entre les deux
Arabes, et le jeune serviteur déclara à ses maîtres-

ses que cet homme apportait une lettre d'Ali pour
Angèle.

— Ah! donne, donne vite ! s'écria la jeune fille.

Et elle saisit avec empressement le papier que
lui tendait Ibrahim, sans remarquer le sombre regard qu'il dardait sur elle.

Aux premières lignes elle pâlit, et des larmes cou-
lèrent sur son visage.

— Tiens, lis, dit-elle à sa sœur.

Emilie lut à son tour, et une conversation ani-
mée s'engagea aussitôt.

Que faire et quel parti prendre?... M. Martin était
absent et ne devait rentrer que le lendemain.

Pourtant, chaque instant de retard était une douleur de plus pour le malade et Angèle était fort
indécise.

Il fut enfin résolu qu'on attendrait le retour du
père pour prendre une décision qui ne pouvait être
douteuse, et Ibrahim fut invité à demeurer à la
maison jusque-là.

Mais il n'eut garde d'accepter, car on le sait,
l'Arabe, hospitalier sous sa tente au désert, dans sa
maison à la ville, se regarde comme lié à ses hôtes
et ne saurait les trahir, et l'on connaît les projets
formés par Ibrahim.

Il déclina donc l'offre qui lui était faite et annonça
qu'il reviendrait le lendemain dans l'après-midi.

— Je serai prête alors, dit Angèle, et vous me
servirez de guide.

L'Arabe s'inclina, en signe de salut et de réponse affirmative, et sortit.

Combien de pensées vinrent assaillir l'esprit de la jeune fille ! On ne pourrait les énumérer, car elle était fortement attachée à Ali, malgré la différence de religion ; elle espérait lui faire embrasser le christianisme et formait des rêves dorés sur son union avec le jeune officier ; puis, par moments elle songeait à la blessure qui le retenait sur un lit de douleur, et elle était impatiente de se trouver à ses côtés.

Pauvre enfant, si elle avait su ce qui l'attendait à El-Bordj !

M. Martin rentra de bonne heure le lendemain. Ii venait de Mers-el-Kébir, où l'avaient appelé ses affaires. En quelques mots, il fut mis au courant de la situation, et lut la lettre d'Ali.

— Quel dommage, dit-il, que Yousouf ne soit pas ici ? J'aurais facilement obtenu de lui une escorte de quelques spahis pour t'accompagner !... Cependant Ali doit être mon gendre un jour, et il souffre. Je te laisse donc libre d'agir, tout en te faisant observer que la province n'est guère tranquille, et que tu cours de sérieux dangers. Réfléchis donc avant de te décider.

— Mes réflexions sont toutes faites. N'ai-je pas pour guide un Arabe, un de ses serviteurs dévoués à lui ? Je pars, mon père, et ne veux pas reculer d'une minute le moment de ce départ, car le cœur

me bat à la pensée de ses souffrances. S'il allait
mourir loin de moi?...

— Eh bien! ma fille, pars puisque tu le veux.
Voici une paire de pistolets et un couteau catalan
pour te défendre en cas de quelque mauvaise rencontre, et mon domestique Joseph t'accompagnera.
Ce ne sera pas trop de deux hommes pour ta sûreté.
Joseph est un vieux soldat qui t'aime autant que
moi, un brave serviteur qui se fera tuer pour toi s'il

est nécessaire. Dès ton arrivée a El-Bordj, tu me le
renverras pour me donner de tes nouvelles et de
celles d'Ali. Je vais faire seller mon cheval pour
Joseph et la jument noire pour toi; c'est une bonne
bête que tu monteras sans peine.

Un instant après, les nobles animaux attendaient
dans la cour la jolie voyageuse et son compagnon
de route. Ibrahim seul n'était pas arrivé.

Il vint enfin et, après de longs adieux, et de non
moins longues recommandations, Angèle sauta en
selle avec la légèreté d'une amazone. Joseph enfour-

cha son arabe pur sang, et suivis tous deux du vieil
Ibrahim, ils prirent la route des Flittas.

Le chemin à suivre était pénible, mais pittores-
que. Il y avait à traverser des plaines, des ravins,
des gorges de montagnes, des forêts, mais le temps
était beau, les montures étaient excellentes, et l'on
arriva sans encombre aux bords du Sig, au pied des
pentes du mont Atlas. Le Sig fut traversé sur un
pont formé par des chevalets, vestige du passage
récent de l'armée française, et l'on arriva aux qua_
tre marabouts de Sidi-Embarrak, lieu où nos soldats
avaient remporté une victoire sur les troupes de
l'Emir, au mois de novembre 1835.

Il fallut ensuite traverser l'Habra à gué et entrer
dans les montagnes, pour se diriger sur Mascara.

Depuis le commencement du voyage, Ibrahim ne
disait pas un mot, mais ses compagnons, accoutu-
més au mutisme des Arabes, n'y faisaient aucune
attention.

La route était parfaitement tracée, unie même en
certains endroits, mais coupée sur d'autres points
par des ravins profonds et escarpés.

On arriva enfin à Aïn-Kébira sur le soir.

Cette halte, où ne se trouvaient que quelques
maisons et une modeste auberge tenue par un Espagnol, est à quelques kilomètres à peine d'El-Bordj.

Angèle et Joseph voulaient continuer leur route,
mais Ibrahim prétexta une fatigue trop grande, et
déclara que la route n'était pas sûre de nuit.

Il avait été un guide fidèle jusque-là. Quoique contrariés de ce retard, les voyageurs lui obéirent, et après le repas pris en commun, chacun se retira pour se livrer au repos dont il avait besoin.

L'Arabe fit semblant de s'étendre sur sa natte, mais dès qu'il eut vu ses compagnons endormis, il se leva doucement, sortit de l'auberge, détacha l'un des chevaux sur lequel il monta avec légèreté et s'élança dans la direction d'El-Bordj, où il ne tarda pas à arriver.

La maison d'Ali-Kodjia était située entre El-Bordj et Aïn-Kébira, dans un site délicieux, au fond d'une vallée resserrée entre deux gorges de montagne, et semblait un nid au milieu de la verdure. Mais un peu plus loin, se trouvait une autre maison grossièrement construite et qui autrefois avait servi de retraite à un marabout. Elle était murée et avait un toit plat en terrasse à la mode moresque. Ibrahim courut sans perdre une minute jusqu'à cette dernière, fit un signal, auquel on répondit. Une lourde porte s'ouvrit, et il fut introduit auprès de Fathma, qui l'attendait là avec impatience depuis plusieurs jours.

— Enfin, dit la jeune fille, te voilà, Ibrahim !... As-tu réussi ?

— Oui. maîtresse, je ramène la mouquère et un de ses serviteurs qui l'accompagne.

— Bien ! tu es un ami dévoué, mon vieil Ibrahim.

Il s'agit maintenant de s'emparer de la Française et de l'amener ici. Ce ne sera pas difficile.

— Certes non, répliqua Ibrahim. Je suis seulement venu pour vous prévenir, et pour que vous puissiez tout disposer pour vous assurer d'elle.

— J'ai précisément amené des serviteurs sur lesquels je puis compter et que rien ne saurait corrompre. Ils m'obéiront sans hésiter et feront ce que je leur commanderai. Amène-la seulement, et je me charge du reste.

— Cela suffit, maîtresse.

Et à ces mots, Ibrahim remonte à cheval et franchit comme un éclair la distance qui le sépare d'Aïn-Kébira.

Fathma courut réveiller cinq de ses serviteurs arabes vieillis au service de son père et qui l'avaient vue naître. Elle savait qu'ils exécuteraient aveuglément ses ordres. Elle leur dit quelques mots; ils s'inclinèrent en signe d'obéissance et elle se retira dans sa chambre, mais ne put goûter un instant de sommeil. Elle attendait impatiemment sa vengeance.

Le lendemain matin, à la pointe du jour, Angèle était debout, réveillait Joseph et Ibrahim, et tous les trois se dirigeaient sur El-Bordj.

Le temps était superbe, et la jeune fille était heureuse à la pensée qu'elle allait revoir son fiancé. Aussi, elle laissait la bride sur le cou de sa jument, sans se préoccuper de sa sûreté personnelle.

Elle rêvait à l'avenir, le voyait teinté de rose et allait en avant sans s'apercevoir seulement de la route.

Joseph, lui, songeait déjà à retourner à Oran, car son maître était tout pour lui et il eût donné sa vie s'il l'eût fallu, pour sauver la sienne.

On avançait toujours.

Bientôt on aperçut la blanche maison d'Ali-Kodjia, et les massifs de verdure au milieu desquels elle était construite.

Nous voici arrivés, dit Ibrahim, c'est ici!

Du doigt, il désignait l'habitation que l'on apercevait à quelque distance et fit prendre un sentier à droite de la route pour descendre dans la petite vallée.

Le cœur d'Angèle battait bien fort. Elle allait donc revoir Ali. Elle pressa le pas de sa monture, et en quelques instants les chevaux s'arrêtaient devant la maison du marabout.

CHAPITRE IV

CHAPITRE IV

CAPTIVITÉ ET ÉVASION

Deux arabes assez bien vêtus reçurent les visiteurs avec cet air plein d'affabilité dont cette race a le secret, et les introduisirent dans une cour carrée et spacieuse, sans aucun ornement d'architecture et sur laquelle s'ouvrait un large vestibule.

Angèle et Joseph suivirent les Arabes, et se trouvèrent, après avoir gravi quelques marches, dans une pièce sombre où le jour n'arrivait que par les interstices d'une jalousie en fer grillée au-dehors.

Ibrahim, par ses gestes, leur fit entendre qu'il allait prévenir son maître et se rendit effectivement près de Fathma.

Pendant ce temps, les nouveaux venus considérèrent la sombre demeure où ils se trouvaient; et malgré elle, la jeune fille eut le cœur serré comme par un sinistre pressentiment.

4

Joseph n'était guère plus rassuré, mais connaissant mieux que sa maîtresse les mœurs arabes et les demeures des indigènes, il ne paraissait pas trop ému. Il s'assit sur un tapis roulé dans un angle de la salle, battit le briquet et alluma sa pipe turque.

Cependant, le temps s'écoulait et personne ne venait; en dépit de son optimisme et de son insouciance, le brave domestique eut peur et comprit qu'ils allaient courir quelque grand danger. Pourtant, il n'osa communiquer ses impressions à sa compagne.

Plus d'une heure s'était écoulée depuis leur arrivée et personne n'était venu encore; alors il commença à craindre sérieusement.

— Mon Dieu, dit Angèle, à qui les minutes semblaient des siècles, que fait donc Ibrahim et pourquoi ne revient-il pas?

— Je ne sais pas, répondit Joseph, d'une voix que vainement il cherchait à rendre ferme; il ne peut certainement pas tarder à venir nous chercher.

Il y eut un instant de silence; Angèle priait Dieu et Joseph réfléchissait à ce qui allait arriver, lorsqu'un bruit de verrous et de ferrailles se fit entendre au-dehors. Un guichet secrètement disposé dans la muraille de la chambre s'entr'ouvrit et une ravissante tête de jeune fille apparut, mais ses traits gracieux avaient je ne sais quoi de cruel et de féroce. On l'a déjà deviné : C'était Fathma.

Légère comme une gazelle, elle descendit rapidement (page 88).

A la vue d'Angèle, de sa rivale abhorrée, la jeune arabe fit entendre un murmure sourd et guttural d'admiration et de colère tout à la fois, puis se mit à lui dire dans sa langue mille paroles incohérentes. Joseph, qui comprenait et parlait fort bien l'arabe, pâlit aux premiers mots, et une vive altercation s'engagea entre lui et Fathma.

— Dis à ta maîtresses, chien de roumi, qu'elle est en mon pouvoir, et que rien ne saurait la soustraire à ma vengeance, car je la hais de toute mon âme et j'ai juré par Alboroudj, la jument noire du Prophète, de me venger d'elle d'une manière éclatante.

— Et que t'a-t-elle donc fait, cette pauvre et douce jeune fille, qui ne te connaît pas, qui ne t'a jamais vue? Elle ne peut t'avoir fait aucun mal, ou si elle t'a fait quelque chose parle, et elle s'empressera de réparer le préjudice qu'elle t'a causé, je te le jure en son nom.

— Ce qu'elle m'a fait, dit Fathma?... Tu me le demandes? je vais te le dire :... Elle m'a ravi le cœur de celui dont je devais partager l'existence; elle est la fiancée d'Ali-ben-Hassan ! Puis-je lui pardonner?... Non, mille fois non ! et sa mort seule, mais sa mort lente et au milieu des souffrances, pourra me consoler, que dis-je, me réjouir et me faire oublier. Elle d'abord !... Ali ensuite... puis quand ma vengeance sera assouvie, alors je mourrai à mon tour. Va roumi, tu peux lui

dire que Fathma a décidé qu'elle mourrait loin
d'Ali, loin de son père. Vous êtes mes prisonniers,
et Ibrahim en vous amenant ici remplissait mes
instructions.

Joseph attéré et comprenant cette fois que contre
cette volonté si bien exprimée, il n'y avait rien à
faire, ne sut que répliquer. Il se tut et retomba
assis dans son coin, la tête en feu et ruminant
malgré lui des pensées de délivrance qu'il regar-
dait à peu près comme impossibles.

Le guichet s'était refermé et Angèle lui demanda
ce que signifiaient les paroles qu'il venait d'entendre car l'élclat de la voix de Fathma ne lui pré_
sageait rien de bon. Elle aussi tremblait maintenant.

— Mademoiselle Angèle, dit Joseph, c'est en vain
que je voudrais vous le dissimuler, un grand danger nous menace. Etes vous assez courageuse pour
m'entendre, car je dois tout vous dire.

— Oui, je serai forte, mon bon Joseph, parle et
ne me cache rien, je t'en supplie.

— Eh ! bien, ma chère maltresse, il y a que nous
sommes tombés dans un véritable guet-apens.
Nous sommes prisonniers, et de qui? d'une lionne
furieuse, d'une véritable tigresse. Celle que vous
avez vue par ce guichet, celle qui vient de me
parler est votre rivale. Elle aime Ali-ben-Hassan,
et a juré de se venger sur vous des dédains de son
ancien fiancé qui est devenu le vôtre. C'est elle qui

a envoyé Ibrahim à Oran pour nous attirer dans ce piège infernal. Comment s'y est elle pris? C'est ce que je ne puis savoir. Mais la vérité est que nous n'avons aucune grâce à espérer de cette indompta-ble furie, car je connais les femmes arabes et je sais qu'elles ne pardonnent jamais. Quant au genre de mort qu'elle veut nous infliger, quel sera-t-il? Je l'ignore. Nous n'avons donc qu'à nous armer de

courage et il faut nous préparer à mourir digne-ment et en vrais Français.

Angèle avait écouté Joseph avec attention, et toute son énergie s'était réveillée en l'entendant parler.

— Mourir à dix-huit ans, dit-elle enfin, ce serait terrible et affreux. Mon pauvre père! ma chère sœur, Ali! je ne vous verrai donc plus?...

Puis changeant brusquement d'idée, elle s'approcha de Joseph.

— S'il faut mourir, continua-t-elle, je fais d'avance le sacrifice de la vie, mais je te le jure, ce ne sera pas sans avoir essayé par tous les moyens possibles de recouvrer ma liberté. Nous sommes deux, et si je n'ai pas beaucoup de forces, j'ai du moins du courage. Cherchons donc d'abord s'il n'y aurait pas un moyen possible d'évasion. Quand on a la ferme volonté de réussir, on est bien près du succès.

— C'est vrai, mademoiselle, je pense comme vous, et j'y vais réfléchir. Peut-être à nous deux, trouverons-nous un moyen pour sortir d'embarras. En attendant, prenons des forces et reposons-nous.

Pendant ce court colloque, Fathma réfléchissait de son côté à ce qu'elle devait faire.

Angèle était sa captive et à sa merci. Quel supplice lui infliger et de quelle manière se venger?...

Ibrahim était agenouillé près d'elle, et attendait ses ordres. Quatre autres Arabes, armés du yatagan traditionnel et des longs pistolets damasquinés se promenaient dans la cour.

Elle n'avait qu'un mot à dire et elle hésitait. Il lui répugnait de faire périr cette femme par le poignard ou le pistolet. Ce qu'il lui fallait c'était une mort plus lente, plus douloureuse.

Elle s'arrêta à un parti : C'est de faim, se dit-elle, qu'ils doivent mourir et au moins, je pourrai savourer leur lente agonie. Je me réjouirai de ses pleurs, de ses gémissements, et lorsque affaiblie, privée de ses forces, elle me criera grâce, je lui répondrai par mon mépris et ma haine. Lorsqu'elle sera morte, alors je ferai venir Ali ; je la lui montrerai et pendant qu'il la regardera, je lui plongerai mon yatagan dans le cœur. Ainsi doit se venger une femme de ma race et de mon rang.

Ce parti pris, Fathma, sortit de la maison du marabout et se rendit à celle de son père.

Rien ne pouvait faire supposer que cette frêle jeune fille roulât dans sa tête d'aussi noirs projets, et ce fut d'un air candide et doux qu'elle alla se livrer aux mains de ses femmes pour sa toilette.

Au moment où Angèle et Joseph entraient à El-Bordj et devenaient les prisonniers de Fathma, de graves événements s'accomplissaient en Algérie : Toute l'activité de l'Emir était en œuvre pour provoquer une insurrection générale.

Vers la fin de septembre, il avait quitté Thaza pour se rendre dans la province d'Oran, et ressaisir le pouvoir prêt à lui échapper. Tout fut fait avec la promptitude de la foudre.

Subitement assaillis par les troupes de l'Emir, les habitants de la plaine virent leurs femmes et leurs enfants égorgés, leurs troupeaux ravis, leurs récoltes pillées, leurs maisons incendiées et rasées. C'étaient les Hadjoutes et les Flittas qui signalaient leur présence par ces sauvages déprédations.

4.

Soutenus secrètement par l'Emir, ils avaient franchi la Chiffa et tombaient sur les tribus alliées de la France. Le commandant du camp français d'Oued-el-Aleg qui volait à leur secours fut enveloppé par les ennemis trop supérieurs en nombre et perdit la vie avec la plupart de ses hommes.

De tous côtés c'étaient des attaques nouvelles et imprévues. Les beys de Milianah et de Médeah, à la tête de 3 ou 4000 cavaliers, s'avançaient dans la Mitidjah; 30 soldats escortant un convoi parti de Bou-Farick pour Oued-el-Aleg furent massacrés; un détachement français de 50 hommes qui se rendait à Blidah fut assailli à l'improviste et 50 têtes formèrent pour les arabes un nouveau trophée.

Ainsi Abd-el-Kader déchirait le voile dont il s'était couvert; mais son triomphe fut de courte durée. Une de nos colonnes attaquait les Hadjoutes entre l'Arba et l'Harrach et leur faisait éprouver des pertes considérables. Les réguliers surpris près de Béni-Méred étaient culbutés, jetés dans un ravin et forcés de fuir après avoir subi des pertes sérieuses; son armée renforcée par les bandes des beys de Médeah et Milianah et les Hadjoutes était attaquée à l'Oued-el-Kébir, entre Blidah et la Chiffa, et Abd-el-Kader était battu complètement, laissant entre nos mains trois drapeaux, deux canons, quatre cents fusils, et nombre de ses cavaliers et de ses fantassins.

Ali, fatigué de son double rôle, jeta alors le

masque, abandonna son chef, vint prendre place dans nos rangs comme lieutenant de spahis, et fit ses premières armes contre ses anciens amis, à cette affaire d'Oued-el-Kébir; puis il rentra à Oran, heureux et satisfait, pour y revoir son ami Yousouf et sa fiancée Angèle.

En arrivant dans cette maison, où il avait passé des jours si heureux, il ne trouva que la désolation et le désespoir.

Depuis dix jours, M. Martin n'avait aucune nouvelle de sa fille. Qu'était-elle devenue? Qu'était devenu son brave Joseph?...

Ali se fit montrer la lettre qu'Angèle avait reçue, se fit dépeindre l'Arabe qui l'avait apportée, et reconnut sur-le-champ le signalement d'Ibrahim, de même qu'il crut reconnaître l'écriture du juif Aaron.

Bouillant d'impatience, mais le cœur brisé, il se départit de son flegme habituel: il courut solliciter un congé de quelques jours, qui lui fut accordé sans peine, et s'élançant sur son cheval favori, il vola à franc étrier sur la route de Tagdempt.

Que lui importaient les dangers qu'il allait courir! n'avait-il pas à sauver celle qui devait être sa femme?...

Du reste, nous devons le dire, sa défection n'était pas encore connue à Tagdemot et il espérait y arriver sans encombre.

Il mit trois jours à faire un trajet qui d'habitude en nécessite huit; il semblait soudé à sa selle.

A Mascara, son cheval était hors d'état de poursuivre sa course vagabonde ; il le laissa, en prit un autre chez un de ses amis, et repartit au galop.

Enfin il arrive, il voit la ville; et court d'un seul trait chez le juif Aaron, chez lequel il tombe comme une avalanche.

Sauter à bas de son cheval, entraîner le juif à l'écart dans sa boutique, fut pour lui l'affaire d'une seconde. Là il lui mit le yatagan sur la gorge pour le forcer à parler, en lui présentant la lettre faite quelques jours auparavant.

Le juif stupéfait, se voyait pris comme dans un traquenard. Devait-il parler ? Alors il avait à craindre la colère de Fathma et d'Ali-Kodjia. Se taisait-il ? Il était mort sans plus tarder, car Ali ne l'eût pas épargné, il le connaissait trop pour cela.

Des deux maux, il choisit le moindre, c'est-à-dire se décida pour le plus pressant : Obéir à Ali. Il aviserait ensuite à se préserver de la colère de Fathma.

Il raconta tout à Ben-Hassan.

Le jeune homme rugit de colère: — Traître infâme, misérable ioudi, s'écria-t-il, tu mériterais que je te tue sans pitié, pour t'apprendre à te mêler d'affaires qui ne te regardent pas. Mais je veux bien te pardonner, sais-tu où est Fathma ?...

— Je l'ignore, Saïd, chez Ali-Kodjia on pourrait

vous le dire ; là seulement vous le saurez ; pour
moi, je vous l'affirme, je ne puis rien vous dire de
plus.

Ali, sans l'entendre davantage, courut chez le
vieux scheik. Là, pas de serviteurs, excepté deux
ou trois vieux Arabes, que celui-ci avait laissés à la
garde de sa maison ; il donna quelques boudjous (1)
à l'un d'eux pour en obtenir les renseignements
qu'il désirait et apprit qu'Ali-Kodjia et sa famille
s'étaient rendus à El-Bordj depuis plusieurs jours.

Pourquoi n'ai-je pas eu l'idée d'y courir en passant ? murmura le jeune homme.

Et il se remit en selle, reprenant sa course désor-
donnée. Les instants étaient précieux ; il n'y avait
pas une minute à perdre, il le savait.

Tandis qu'il courait à toute bride sur la route
de Tagdempt à Mascara, nos prisonniers languis-
saient et perdaient tout espoir. Depuis deux jours,
ils n'avaient vu aucun être humain, si ce n'est
Fathına, qui chaque matin venait se repaître de leur
souffrance.

Mais Joseph était un homme de tête et de
cœur, Angèle avait l'esprit inventif et une lueur
d'espérance germa tout à coup dans son cerveau
de femme.

Si nous essayions de scier les barreaux de cette
jalousie avec nos ressorts de montre, pensa-t-elle

_____

(1) Le boudjou est une pièce de monnaie qui vaut environ
1 franc 80 centimes.

en elle-même? et elle communiqua son idée à son brave compagnon.

— Tiens, mais c'est vrai, je n'y avais pas songé, dit celui-ci. Faut-il que je sois bête? Ah ! mademoiselle, c'est une véritable inspiration du Ciel que vous avez eue là.

Et prompt comme la pensée, le bon Joseph, sans se préoccuper de la perte, brisa sa montre et celle de sa compagne, en retira les ressorts de fin acier et se mit à l'œuvre.

Le travail avança rapidement, car lorsque l'un des deux captifs était fatigué, l'autre le reprenait et en quelques heures deux barreaux furent coupés assez pour qu'en les ébranlant on pût les arracher de leurs alvéoles de pierre.

Mais ce n'était pas assez pour se frayer un passage et nos deux captifs se remirent à l'ouvrage. Bientôt une large ouverture se montra béante, assez grande pour qu'ils pussent, sans crainte, passer au travers.

— Maintenant, attendons la nuit, dit Joseph, et demain, quand notre geôlière viendra visiter la cage, elle trouvera les oiseaux envolés. Dormons en attendant ; et il s'étendit sur son tapis.

Angèle se mit à genoux pour appeler la bénédiction de Dieu sur leur fuite.

L'ombre était descendue peu à peu sur la terre et un pâle rayon de lune glissait au travers des lames

descellées de la persienne. Joseph se réveilla et
appela sa maîtresse.

— Debout, s'écria-t-il, debout, mademoiselle, si
nous voulons encore revoir Oran! Et de sa main
robuste, il arracha les barreaux qui cédèrent sans
bruit.

Au dehors, pas un souffle, pas un bruit; mais
il y avait vingt-cinq pieds de hauteur à franchir,
et un Arabe était accroupi dans un coin de la
cour, le tchibouk aux lèvres, le chapelet entre les
mains. Joseph le voyait parfaitement.

Ce sera plus difficile, que je ne croyais pensa-t-
il, mais à la guerre comme à la guerre. Je n'ai pas
été pour rien moniteur de gymnase et de voltige
au 2e chasseurs.

Il saisit alors le tapis, le déchira en larges et
solides bandes qu'il noua les unes aux autres et
quittant ses bottes, se disposa à descendre sans
bruit, après avoir dit à Angèle de rester immobile
jusqu'à ce qu'il lui fit signe de se risquer à son
tour.

En trois secondes, la corde improvisée fut faite et
attachée aux barreaux, et Joseph, agile comme un
singe, se laissa aller doucement. Il arriva à terre
sans encombre, marcha à pas de loup jusqu'à
l'Arabe qui lui tournait le dos et semblait plongé
dans une profonde méditation, puis lui posant son
pistolet sur le front, lui intima le silence.

L'Arabe, effrayé, stupéfait, ne put trouver une

parole, et le Français profita de sa surprise pour lui lier les bras et les pieds avec des bandes de tapis qu'il avait emportées dans ce but. Puis il le bâillonna avec son mouchoir, et revint appeler sa maîtresse.

Celle-ci, légère comme une gazelle, descendit rapidement. Alors Joseph, tenant toujours son pistolet à la main, s'approcha de l'Arabe.

Si tu tiens à la vie, dit-il, tu vas me donner de bonne volonté les clés de cette maison ou m'ouvrir la porte, car tu dois savoir comment elle s'ouvre, sinon je te tue, et avec la corde de poil de chameau qui te sert de ceinture, je ferai une échelle pour passer par-dessus le mur.

L'Arabe comprit qu'il avait affaire à un de ces hommes déterminés qui n'hésitent pas dans un moment semblable à tout sacrifier pour obtenir leur liberté. Il tendit les clefs qu'il avait sous son burnous.

Joseph le lia solidement ensuite, et après l'avoir mis dans l'impossibilité de bouger, il alla ouvrir la porte.

Il était libre ainsi que sa maîtresse...

Avec quelle joie ils respirèrent!... et avec quelle rapidité ils passèrent devant la blanche maison d'Ali Kodjia et regagnèrent la route. Ils ne firent qu'une course jusqu'à Aïn-Kébira, mais ne purent se résoudre à entrer à l'auberge où ils avaient couché quelques jours auparavant. Alors ils s'arrêtèrent afin de se concerter sur les moyens de se rendre plus facilement à Oran.

Bah! dit avec sang-froid Joseph, marchons en avant et à la grâce de Dieu!...

CHAPITRE V

CHAPITRE V

On peut juger de la colère qui s'empara de Fathma, le lendemain matin, lorsqu'en entrant dans la
maison du marabout elle aperçut le vieux Cassim,
garrotté, et les lambeaux du tapis pendant à la
fenêtre de la prison de sa rivale! Ce fut un véritable accès de rage poussé au paroxysme. Tous ses
projets, toute sa haine se brisaient en face de cette
évasion audacieuse.

Elle vomit mille imprécations contre Cassim, le
traitant de gardien infidèle ; elle alla même jusqu'à le frapper en l'accusant de s'être laissé corrompre, et lui eût peut-être donné la mort de sa
main mignonne, si Ibrahim n'était intervenu à
temps.

— Maîtresse, dit-il, les fugitifs ne peuvent être
loin, car ils n'ont pas de chevaux.

— C'est vrai, je n'y songeais pas, s'écria Fathma.
Cours Ibrahim, prends avec toi cinq de nos meilleurs cavaliers et ramène-les ici. Si tu réussis, je
te donnerai tout ce que tu me demanderas. J'en
prends le Prophète à témoin.

— Maîtresse, je ne demande rien; je suis trop
heureux de vous être utile. Je pars et si je ne les
reprends pas, ce ne sera pas de ma faute.

Un instant après, cinq cavaliers aux burnous
flottants s'élançaient à la poursuite des fugitifs,
qui, prévoyant ce danger, redoublaient de vitesse.

Mais ils étaient à pied et Joseph tremblait non
pour lui, mais pour la pauvre Angèle. Qu'allaient-
ils devenir, seuls, sans secours, sans monture, sur
cette route difficile?

Une inspiration lui vint: Mademciselle, dit-il,
vous avez de l'or sur vous?

— Oui, tu le sais, Joseph, j'ai toujours, grâce à
mon père, la bourse assez bien garnie et je crois
bien qu'elle contient une vingtaine de louis, si ce
n'est plus. Puis j'ai mes bracelets, mes boucles
d'oreilles en brillants, mes bagues qui ont une
certaine valeur.

— A merveille, dit Joseph, suivez-moi.

Et il entraîna la jeune fille vers une ferme isolée
qu'on apercevait à quelque distance. C'était, sans
doute, celle de quelque Arabe soumis, ou d'un Français égaré en ces lieux. Ainsi l'espérait le brave
serviteur.

Il ne se trompait pas. Ce bâtiment, ou plutôt cette exploitation agricole, appartenait à un riche Arabe, El-Mohady-ben-Saïd, qui aimait la France et avait même un de ses fils sous-officier aux spahis.

A leur approche, le maître de la ferme vint au-devant d'eux et leur offrit l'hospitalité avec toutes les formules de la poésie arabe.

Joseph le remercia avec effusion et en quelques mots le mit au courant de la situation, lui demandant s'il ne pourrait pas leur céder, moyennant une rétribution, deux montures capables de les conduire à Oran, en l'assurant qu'elles lui seraient renvoyées, dès leur arrivée dans cette ville.

L'Arabe les conduisit à son écurie et leur dit de choisir. Il y avait là six chevaux d'une rare beauté et dont les jarrets fins et nerveux annonçaient la rapidité et démontraient la pure origine. Joseph en choisit deux, avec un coup d'œil de cavalier qui n'échappa pas au maître de la maison.

Celui-ci sourit en lui disant : Vous avez bien choisi et je n'aurais pu vous offrir mieux, moi qui les connais. Prenez, et vous me les renverrez plus tard ; j'ai confiance en vous.

C'est en vain qu'Angèle voulut lui faire accepter quelques pièces d'or comme dédommagement ; El-Mohady refusa et conduisit ses hôtes dans sa cuisine, où il leur fit prendre un repas copieux de cous-coussou et de mouton rôti, auquel ils firent le plus grand honneur.

Quand ils eurent terminé, il les engagea à prendre un costume arabe.

Le haïck et le burnous, leur dit-il, seront votre
sauvegarde, croyez-moi ; en ces temps de guerre et
de désolation, vous serez moins inquiétés avec les
vêtements indigènes que si vous portiez les vôtres.
C'est par expérience que je vous parle, et en suivant
mon conseil, vous vous en trouverez bien.

L'échange fut vite fait, et sous son burnous et
son haïck blancs, Angèle ressembla à s'y mépren-
dre à un jeune arabe.

Après avoir remercié du fond du cœur l'excellent
El-Mohady et l'avoir assuré de leur reconnaissance,
les deux fugitifs se remirent en route.

Cependant Ali-ben-Hassan était arrivé à la maison
blanche. Son cheval était couvert d'écume et ses
yeux étincelaient de fureur. Il marcha droit à
Fathma, sans se préoccuper du vieil Ali-Kodjia, et
d'une voix étranglée par la colère, s'écria :

— Malheureuse, qu'en as-tu fait?...

Fathma le regarda blémissant de rage. Mais son amour-propre froissé, sa dignité de femme, les sentiments de son cœur, tout lui enjoignait le silence. Elle ne répondit pas.

Ali se précipita sur elle, et l'étreignant de ses bras nerveux, la foudroyant de son regard, il lui dit :

— Il faut que tu me répondes, je le veux, tu entends, Fathma, qu'as-tu fait de celle que tu as lâchement attirée dans un piège? Voyons, réponds-moi, et peut-être te pardonnerai-je, s'il en est temps encore; sinon, malheur à toi, je te le jure par le prophète.

Fathma croisa ses bras sur sa poitrine. Son sein se gonflait, ses yeux s'enflammaient de fureur.

— Ce que j'en ai fait, dit-elle enfin, tu le sauras plus tard; je ne te dirai pas un mot de plus.

— Ah! tu ne veux pas parler, chienne, dit Ali, eh bien! tu vas mourir; et il allait la frapper d'un coup de yatagan.

Déjà l'arme meurtrière était levée sur la tête de la jeune Arabe, admirable d'audace et de mépris de la mort, lorsque par un brusque mouvement, Ali-Kedjia arrêta le bras de Ben-Hassan.

— Que signifie tout ceci, dit-il alors? car, on le sait, le vieux scheïk ignorait tout ce qu'avait fait sa fille.

Celle-ci alors lui raconta rapidement les ordres

qu'elle avait donnés à Ibrahim et comment ils
avaient été exécutés ; puis elle ajouta tout bas, pour
que le bouillant Ali ne puisse entendre :

— La Française s'est échappée, et Ibrahim et
cinq de nos serviteurs sont à sa poursuite.

Mais Ali avait entendu, il ne lui en fallait pas
davantage.

— Ah ! je te retrouverai, Fathma, s'écria-t-il,
mais je dois d'abord la sauver. Malheur à ses lâches
ravisseurs.

Et avant que les serviteurs accourus sur un signe
de leur maître aient pu s'emparer de lui, il remonta
à cheval et prit au galop la direction d'Oran, laissant Ali-Kodjia et sa fille tout ahuris de ce brusque
départ.

Comme il l'aime, cette Française, dit Fathma, et
elle se mit à pleurer. Ce fut en vain que le vieux
Kodjia chercha à l'apaiser.

Comme le temps lui sembla long, et avec quelle
anxiété elle prêtait l'oreille à chaque instant, espé-
rant voir entrer Ibrahim et ceux qu'il avait emmenés
avec lui !

Ali volait, plutôt qu'il ne galopait. Employant
tour à tour la voix et les caresses, faisant sentir de
temps en temps l'éperon à son cheval, il ne voyait
rien autour de lui.

Il traversa, sans s'arrêter un instant, Aïn-Kébira,
passa l'Habra et arriva à Sidi-Embarrak en quatre
heures de temps. Là, il demanda si l'on avait vu

passer les fugitifs. Mais il ne put obtenir aucun renseignement, car on le sait, Joseph et Angèle étaient habillés en Arabes. Tout ce qu'il apprit, c'est que cinq cavaliers avaient passé là deux heures avant lui.

Plus de doute, se dit-il, c'est Ibrahim et les siens; la piste est bonne. Et sans perdre une minute, il se remit à courir.

Un instant après, du haut d'un plateau de la montagne qui surplombait une profonde vallée, il pouvait distinguer nettement cinq chevaux montés par des cavaliers qui les pressaient de toute la vigueur de leurs genoux, et à cinq ou six cents mètres en avant, deux autres cavaliers fuyant à toute bride, mais dont les montures semblaient hors d'état de fournir une bien longue traite.

A cette vue, son courage redoubla et il ne vit plus ni ravins, ni précipices : il aurait voulu avoir des ailes. Le cheval qu'il montait semblait comprendre les angoisses de son maître, car il franchissait d'un seul bond les obstacles qui se présentaient devant lui.

Enfin, Ali se trouva dans la plaine, et à cinq ou six cents mètres tout au plus de ceux qu'il poursuivait; son coursier haletait, mais c'était un de ces purs-sang arabes qui succombent s'il le faut, mais ne savent pas résister à leur cavalier. En quelques minutes, il regagna l'avance que les émissaires de

Fathma avaient sur lui. De leur côté, ceux-ci étaient
à quelques pas à peine des fugitifs.

Ibrahim, frémissant de colère en reconnaissant
Ali, et se doutant bien qu'il venait s'interposer dans
ses affaires, se dressa sur sa selle et le coucha en
joue avec son long fusil : la balle passa à travers
les plis du burnous de l'officier de spahis.

D'un autre côté, Joseph voyant qu'il n'y avait plus

qu'à vendre chèrement sa vie, avait saisi ses pistolets, et en dirigeait un sur le cavalier le plus près
de lui, en disant à sa maîtresse de fuir au plus vite.

Mais Angèle n'était pas une de ces natures pusil-
lanimes et faibles comme il s'en trouve beaucoup.
C'était une femme d'un caractère hardi et bien
trempé. Elle s'arma de ses pistolets, comme son
compagnon, et visa elle aussi. Les deux coups partirent à la fois, et comme si Dieu eût voulu lui venir
en aide, deux chevaux roulèrent sur la poussière
de la route, car c'était aux montures que tous deux

avaient visé; le sang humain versé leur eût répugné.

Ali, moins clément, s'était précipité sur Ibrahim et ses acolytes, le yatagan à la main, et chacun de ses coups laissait une trace sanglante. Ibrahim et un de ses hommes étaient étendus morts; les autres, dont un était légèrement blessé, tournèrent bride et s'enfuirent, honteux d'avoir été traités ainsi par un seul homme.

Ali ne se donna pas la peine de les poursuivre, tant il était heureux d'avoir retrouvé sa fiancée.

La pauvre jeune fille, qui avait été une héroïne au moment du danger, tremblait alors de tous ses membres; la vue de ce sang versé, l'émotion de revoir Ali, la fatigue de cette longue course à cheval, tout cela la bouleversait, et si Joseph ne l'avait pas soutenue, elle se serait évanouie.

Cette impression dura peu, et elle se livra bientôt entièrement au bonheur qu'elle éprouvait.

La petite caravane poursuivit donc sa route, mais cette fois plus lentement, et avec l'assurance de pouvoir atteindre Oran.

Tous se trompaient dans leur attente, on va le voir, car au détour d'une route, deux coups de feu partis avec une rare précision, atteignirent l'un Ali, l'autre Joseph, et une voix qu'Ali, quoique grièvement blessé, reconnut parfaitement pour celle du marabout Mohammed-ben-Kaddour, cria au même instant : « Ainsi périssent les traîtres à leur patrie, à leurs amis, à leur religion. »

Mohammed, car c'était lui et l'un de ses amis, s'éloigna au galop, sûr de ne pas être poursuivi.

Que faire dans une situation pareille, loin de tout secours, et avec deux blessés sur les bras?

Angèle déchira son haïck, et appliqua des bandages sur les blessures qui, heureusement, n'étaient pas mortelles. Celle d'Ali était la plus grave.

Joseph put se maintenir en selle; quant au jeune officier, il pâlit, et se trouva mal subitement. La balle avait pénétré dans l'aine et lésé les parties vitales. Et il fallait traverser le Sig, qui se trouvait à peu de distance.

En cette circonstance désespérée, la Providence vint en aide à nos malheureux fugitifs. Elle se présenta à eux sous la forme d'un peloton de spahis que commandait précisément le fils de El-Mohaddy, envoyé en reconnaissance sur la route de Mascara pour éclairer la marche d'un convoi. A la vue du jeune lieutenant blessé, le maréchal-des-logis Abdallah fit faire par ses hommes un brancard formé par des piquets de tente entrelacés avec des branchages et sur lesquels on jeta deux ou trois burnous.

Ali-ben-Hassan y fut placé doucement, et quatre spahis retournèrent sur leurs pas pour le transporter jusque de l'autre côté du Sig, où se trouvait le camp français. Dès qu'ils furent arrivés avec leur funèbre convoi, ils allèrent chercher le docteur.

C'était un bataillon du 23ᵉ de ligne, et quelques compagnies de zouaves et du bataillon d'Afrique

avec un escadron de spahis qui se trouvaient là si
à propos.

Le docteur extirpa la balle de la blessure qu'il
déclara grave mais non mortelle, et fit installer le
malade à l'ambulance, en attendant qu'il fût possible de le transporter à Oran sans danger.

Angèle n'ayant pas voulu le quitter, Joseph se mit
en route pour Oran, après avoir fait poser un appa-
reil sur son bras blessé, et il y arriva le lendemain
dans la journée.

Il s'empressa de raconter à M. Martin les péripéties de leur dramatique voyage, et le digne et
excellent homme voulut qu'on attelât une voiture
pour aller lui-même chercher Ali et le ramener avec
sa fille.

Joseph voulut être encore du voyage, qui cette
fois s'effectua rapidement et heureusement, et Ali
se vit bientôt dans son ancienne chambrette, entouré
de soins et d'affection, bénissant parfois sa blessure
qui lui procurait de si doux moments.

Laissons nos héros un instant pour voir ce qui se
passait pendant la convalescence de Ben-Hassan.

La province d'Oran était en feu. L'insurrection y
relevait hautement la tête. Les troupes de l'Émir
avaient traîtreusement assailli les Douairs et les
Smélas, le 17 et le 22 janvier 1840, et un fait d'armes inouï dans les annales militaires, allait révéler
aux Arabes notre force et le secret de leur faiblesse.

Je veux parler de cette héroïque affaire de Mazagran, l'une des plus glorieuses épopées de l'histoire d'Algérie depuis 1830, et je vais m'y arrêter avec des sentiments d'orgueilleux patriotisme.

Une compagnie du 3ᵉ bataillon d'Afrique, la 10ᵉ, ou plutôt ce qu'on appelait à cette époque la compagnie franche, occupait la ville de Mazagran, et était l'unique garnison de son petit fort élevé à la hâte par les Français. Elle était forte de 123 hommes et commandée par le brave capitaine Lelièvre, le lieutenant Magnien, le sous-lieutenant Durand. Son matériel de guerre se bornait à une pièce de 4, un baril de poudre et 40,000 cartouches. Mais c'étaient des soldats, et comme les Parisiens le dirent plus tard, c'étaient les Lapins du capitaine le Lièvre, de véritables intrépides.

On sait que les hommes des bataillons d'Afrique sont pris parmi les mauvaises têtes sortant des pénitenciers militaires, des travaux publics et des compagnies de discipline, mais ce qu'on ignore peut-être, c'est que ce sont tous d'anciens militaires et que ce corps a un cachet à part.

Le chasseur des bataillons d'Afrique s'est toujours fait remarquer par son insouciante gaieté, sa folle bravoure et sa morale un peu trop sans gêne. Il aime le plaisir et le vin frais, la danse, les bons repas et la gaudriole. Il se fait souvent punir, et compte toujours sur une prochaine colonne pour faire lever ses punitions.

Au demeurant, c'est un excellent soldat en cam-

Le maréchal Bugeaud duc d'Isly.   5.

pagne, toujours aux avant-postes, partout où il y a un coup de feu à donner ou à recevoir, adorant la maraude et narguant la mort, qu'il appelle la camarde.

Comme il est sans soucis, chante à tout propos, et sait papillonner avec légèreté, on l'a surnommé le zéphyr. Mais en garnison, c'est un troupier capable de tout faire pour boire : que de fois il a vendu ses effets, son linge et jusqu'à ses chaussures !...

En présence de l'ennemi, rien ne l'arrête, même la certitude de mourir ; il faut qu'il marche en avant. Le sifflement des balles lui sert alors de musique, et ces hommes-là sont des héros lorsqu'ils sont bien dirigés par leurs officiers. En voici la preuve :

Dans la matinée du 1er février, les sentinelles signalèrent l'approche des Arabes. Il y avait là les contingents de 82 tribus, formant 12 à 1500 combattants, sous les ordres de Mustapha-ben-Thamy, khalifa de l'Emir et bey de Mascara. Cette masse avait deux canons avec elle et un bataillon de réguliers.

Le 2, les Arabes ouvrirent le feu contre la place et vinrent planter leurs étendards au pied de ses murs, en se précipitant à l'assaut avec une fureur excitée par le fanatisme des marabouts et l'appât des récompenses promises par leurs chefs.

Doué d'un rare courage, l'héroïque capitaine Lelièvre se montra constamment à la hauteur de sa tâche. Plus de la moitié de ses cartouches étant consommées dans la première journée, il ordonne de ne plus se servir que de la baïonnette pour repousser les assaillants.

Le drapeau qui flotte sur les remparts est criblé de balles ; plusieurs fois la hampe est brisée ; chaque fois on le relève avec enthousiasme et en l'agitant comme un chevaleresque défi.

Il y a là aussi le lieutenant Magnien, debout sur la brèche qu'il n'abandonne que pour porter secours aux blessés. Il y a encore le sous-lieutenant Durand, les sergents Villemot et Giroux, qui se multiplient pour se trouver partout.

Il serait impossible de rapporter tous les faits d'armes de cette héroïque défense qui dura pendant 5 jours. Elle seule suffira pour faire ressortir l'intrépidité de ces hommes et de leurs dignes officiers.

Dans la soirée du 4, le capitaine Lelièvre, voyant ses munitions s'épuiser, réunit ses zéphirs et leur dit : « Nous avons encore un tonneau de poudre et
» 12.000 cartouches ; nous nous défendrons jus-
» qu'à ce qu'il ne nous en reste plus que 12 ou 15,
» puis nous entrerons dans la poudrière pour y
» mettre le feu, heureux de mourir pour notre pays.
» Vive la France ! vive le roi ! »

La 10ᵉ compagnie accepta cette glorieuse résolution en répétant le cri patriotique de son chef.

Le 7 au matin, lorsque la garnison de Mostaganem, inquiète du sort des défenseurs de Mazagran et sous les ordres du commandant Dubarrail, vit la plaine déserte et le feu de la place éteint, se transporta de ce côté pour porter secours à ses frères d'armes, ou leur donner au moins la sépulture, le drapeau flottant sur les murailles à moitié détruites de la ville lui apprit que les Arabes s'étaient retirés, honteux et vaincus par cette poignée de braves, malgré leur immense supériorité numérique.

La joie fut égale de part et d'autre, et la 10° compagnie du bataillon d'Afrique, accablée de fatigues, fut portée en triomphe par les arrivants.

Il n'y avait eu que trois hommes tués et seize blessés ; mais ils avaient enrichi l'histoire d'un fait d'armes comparable à celui de Léonidas aux Thermopyles.

Le 5 et le 12 mars, d'autres attaques étaient dirigées contre le camp du Figuier, à Miserghin et à Ten-Salmet, mais énergiquement repoussées par le brave Yousouf.

Pendant ces brillantes affaires, Ali s'était à peu près rétabli, et il se hâta de reprendre son service. Il était désormais l'implacable ennemi de l'Emir et des siens et brûlait de rencontrer Mohammed-ben-Kaddour ou Ben-Salem sur le champ de bataille.

CHAPITRE VI

CHAPITRE VI

L'INVESTITURE DU KAID ET LE MARIAGE

L'infatigable activité d'Abd-el-Kader ne cessait de combiner de nouvelles opérations ; il investit du commandement de Médéah le khalifa El-Farkhani, marabout de Cherchel ; celui de Mascara, Musta-pha-ben-Thamy, reçut l'ordre de former un camp de 8.000 cavaliers entre l'Habrach et le Sig, pour sur-veiller Oran et couper toutes les communications entre cette ville, Arzew et Mostaganem.

Hadji, scheik de Tenez, qui lui fut adjoint, devait amener 10.000 montagnards kabyles. Hadji-el-Seguir se mit à la tête des Hadjoutes. Ben-Salem, avec les Flittas, se tint prêt à pénétrer dans la Mitidja et à y porter la dévastation pour arrêter la marche de nos troupes. Enfin le khalifa Bou-Azouz devait s'avancer sur Biskara, la Medjanah et aller jusqu'à Bougie et Sétif, dans la province de Cons-

tantine. Tout éta't donc prêt pour une insurrection
générale.

Le maréchal Valée résolut de frapper un coup
décisif pour en finir avec l'Emir, et une expédition
fut décidée contre Médéah, centre des opérations
d'Abd-el-Kader. Le duc d'Orléans et le duc d'Aumale devaient y prendre part.

L'armée, forte d'environ 12.000 hommes appartenant à différentes armes, se mit en marche le
25 avril 1840, et après diverses escarmouches, elle
arriva le 11 mai devant le col de Mouzaïa, qui venait
d'être récemment fortifié par l'Emir.

Elle fut partagée en trois colonnes : La première,
sous les ordres du général Duvivier ; la 2ᵉ, commandée par Lamoricière, et la 3ᵉ, par le général
d'Houdetot.

Le 12 mai, à 3 heures du matin, le duc d'Orléans
donna le signal de l'attaque : « Allons, enfants, dit-
il en montrant la crête du Mouzaïa, les Arabes nous
attendent et la France nous regarde. »

Les cris de : Vive le roi ! vive le prince royal ! lui
répondirent.

Nos braves soldats abordèrent l'ennemi avec un
élan irrésistible ; mais la résistance fut acharnée et
terrible. Ils furent reçus par un feu meurtrier des
réguliers et des kabyles.

Cependant une sonnerie de clairon leur apprit
que la 1ʳᵉ colonne venait d'enlever un mamelon ;
aussitôt la charge bat, les rangs se resserrent, et

malgré la résistance des Arabes qui se cramponnent aux saillies des rochers et aux arbustes pour nous précipiter dans l'abîme et nous fusiller à bout portant, malgré leur défense énergique, les redoutes sont enlevées à la bayonnette, et le drapeau tricolore flotte sur la plus haute cime de l'Atlas.

Malgré sa retraite, l'ennemi ne s'avoua pas vaincu, et il fallut, dans la journée du 16, lui livrer un nouveau combat pour le chasser du bois des Oliviers où il s'était établi. Ce jour-là, ce fut le 17e léger et le colonel Bedeau qui eurent les honneurs de la victoire.

Le 21, le corps expéditionnaire regagnait la ferme de Mouzaïa d'où il retournait dans ses cantonnements respectifs.

Le 5 juin, une nouvelle campagne commençait, et cette fois les troupes se dirigeaient sur Milianah qui fut occupée le 8 sans résistance. Elle était déserte ; mais le gouverneur, voyant que la chaleur ne permettait pas de continuer les opérations de la guerre, ramena ses troupes à Alger, après avoir toutefois châtié sévèrement les Kabyles de Mouzaïa et les Beni-Salah.

D'un autre côté, le général Lamoricière ne restait pas inactif dans la province d'Oran. Il se porta successivement, avec une colonne volante, chez les Beni-Yacoub, les Beni-Amer, le Bou-Chouicha, les Ouled-Garabas et les Ouled-Khalfa, et fit de sérieuses razzias sur leur territoire.

Ali avait reçu l'avis que le vieil Ali-Kodjia et Mohammed-ben-Kaddour se trouvaient parmi les tribus révoltées des Ouled-Garabas. Il demanda comme une faveur à faire partie de l'expédition et se signala tellement par sa valeur et ses talents comme soldat et diplomate tout à la fois, que le général Lamoricière le nomma Kaïd des Beni-Amer en rentrant à Oran, et lui donna le commandement du goum de cette tribu belliqueuse et remuante.

C'était tout ce que l'ambition d'Ali désirait, car ce poste envié depuis si longtemps lui assurait la main de celle qu'il aimait. Ce fut donc avec de vifs transports de joie qu'il accueillit cette nouvelle, et courut en faire part à son futur beau-père.

Il fut convenu solennellement que le mariage aurait lieu dans la tribu d'Ali, à la mode arabe, après toutefois avoir été préalablement béni à l'église de Saint-Philippe, à Oran. Ben-Hassan accepta.

Pour rien au monde il n'eut voulu déplaire à celle qu'il aimait.

La cérémonie de l'investiture du burnous de soumission est grande et imposante. C'est une véritable fête, et le général Lamoricière résolut d'y donner un éclat particulier, pour témoigner de l'estime qu'il faisait du nouveau Kaïd.

Quelques semaines après le retour de la colonne à Oran, le général, suivi de deux escadrons de spahis et d'un nombreux goum de cavaliers arabes, se rendit sur le territoire des Beni-Amer, ayant Ali à

ses côtés. Il fut reçu, à son arrivée, par les plus
vieux scheiks de cette grande tribu.

Cinq ou six cents cavaliers, parmi lesquels se
trouvaient une vingtaine de chefs renommés,
étaient rangés de chaque côté de l'entrée du principal douar. Tous étaient revêtus de leurs habits de
fête, et les housses de soie, les étriers d'argent, les
vestes brodées d'or, les fusils incrustés de nacre,
d'ivoire et d'or, témoignaient de la richesse de ces
fiers cavaliers. Les chevaux piaffaient, rongeant
leur mors avec impatience et semblaient deviner
que c'était jour de fête.

A un signal du scheik Abdoul-Kassem, le doyen
d'âge, auquel sa longue barbe blanche donnait un
aspect vénérable, tous s'ébranlèrent, et pendant
quelques instants, ce fut une course effrénée dont
rien ne saurait donner l'idée.

Les coups de feu tirés au galop, les fusils jetés
en l'air et rattrapés d'une main assurée, les obstacles franchis sans y prendre garde, tout en se
croisant en tous sens, au milieu d'un nuage de
poudre, de fumée et de poussière, tel était ce brillant spectacle auquel il faut avoir assisté pour s'en
faire une idée.

Quand la fantasia fut terminée, ou plutôt lorsque
l'ardeur des cavaliers se fut ralentie, le général
réunit les scheiks autour de lui. Des burnous en
laine fine et blanche comme la neige de l'Atlas,
avaient été apportés, et chacun des chefs en le rece-

vant des mains du général, prononçait la formule
du serment : « Je jure, par Mahomet, d'être fidèle
à la France, et de ne plus combattre contre ses
soldats, mais de l'aider à soumettre ses ennemis »,
puis il se retirait pour faire place à un autre.

Lorsque tous eurent reçu le burnous de soumission, le général fit un signe aux trompettes, qui
ouvrirent un ban, et d'une voix ferme, il s'adressa
à ceux qui l'entouraient : « Vaillants scheiks, et
vous tous, braves cavaliers des Beni-Amer, vous
voilà sous la protection de la France. Voulez-vous
tous reconnaître pour Kaïd votre compatriote Ali-
ben-Hassan, ici présent ?... » Une acclamation unanime ayant répondu à ces paroles, le général se
tourna vers Ali, pâle d'émotion et de joie, et lui
dit :

— Maintenant, sidi Ali-ben-Hassan, t'engages-
tu à faire observer par les Beni-Amer les lois de la
France, et à réprimer leur rébellion, au cas où cela
aurait lieu dans la suite ?

— Français par le cœur, sinon par la naissance,
général, répondit Ali, je m'engage à mourir s'il le
faut pour ma patrie d'adoption, et qu'Allah me
maudisse si jamais je viens à manquer à ma parole.
Quant à vous tous qui m'entourez, nobles et fiers
cavaliers des Beni-Amer, vous venez de me jurer
obéissance et fidélité. Je ne vous conduirai jamais
qu'au chemin de l'honneur, et dès ce jour, je m'engage aussi à me montrer digne de vous et à repré-

senter noblement la France qui a daigné me con-
fier les insignes de Kaïd.

Le général jeta alors sur les épaules d'Ali un
riche burnous, et l'embrassa. Puis la fête recom-
mença, et cette fois, spahis et chasseurs d'Afrique
se mêlèrent aux cavaliers arabes.

Vers le soir, un festin homérique, où figura une
véritable hécatombe de bœufs, de moutons et de
volailles, fut donné aux assistants ; puis chacun se
retira, emportant de cette journée un doux souvenir.

Ali revint à Oran avec le général ; mais cette
fois, il était suivi du goum des Beni-Amer. Il allait
chercher sa fiancée.

Dès l'aurore, tous les jeunes gens du douar étaient
autour de lui, ainsi que ceux des douars environ-
nants et qui avaient pris part à la fête.

Il y en avait plus de cinq cents, et tous vinrent
se ranger en bataille, à cheval et le fusil en ban-
doulière devant sa tente.

Lorsqu'il sortit, fièrement dressé sur ses larges
étriers d'argent doré, le front radieux, l'œil vaillant, tous le saluèrent de leurs acclamations, et la
troupe se mit en route.

Ali était entouré des principaux scheiks, et il lui
semblait que la route était bien longue. Il les écoutait d'un air distrait, et comme préoccupé par de
tout autres pensées. Il songeait à Angèle.

Les quatre jours que la colonne mit pour revenir à Oran lui semblèrent quatre siècles. Enfin il

aperçut le fort Santa-Cruz, et poussa un soupir de
satisfaction.

Ne pouvant aller chercher sa fiancée avec une
escorte telle que la sienne, il la laissa campée au
bout de la ville, et suivi seulement de huit des plus
anciens scheiks, il se rendit à la demeure de M.
Martin, qui, prévenu de la veille par un messager,
l'attendait.

Angèle était en toilette de mariée. Oh ! comme
cette couronne de roses blanche seyait bien à ce
front virgnal ! et que ce voile de gaze transparente
faisait ressortir l'éclat de ses cheveux noirs et l'in-
carnat de ses joues. Sa robe de satin blanc dessi-
nait une taille admirablement prise, et le bouquet
de fleurs d'oranger placé à son corsage était son
seul ornement. Elle n'avait pas voulu d'autres
bijoux que la bague nuptiale.

Plusieurs voitures stationnaient devant la porte,
et parmi les invités l'on pouvait remarquer l'intrépide colonel Yousouf et nombre d'officiers français
de spahis et de chasseurs d'Afrique, heureux de
témoigner leur sympathie au nouveau Kaïd. Il y
avait aussi un grand nombre de commerçants,
amis de M. Martin et qu'il avait invités pour cette
circonstance solennelle.

Derrière les voitures marchaient les cavaliers,
ayant Ali à leur tête, Ali dont tout le monde admi-
rait la bonne mine et la mâle figure, autant que le
riche costume.

Le cortège arriva à l'église, où une grand'messe fut chantée solennellement, et le général Lamoricière y assistait avec tout son état-major.

Angèle était radieuse; mais cependant un nuage de tristesse passait parfois sur ses beaux yeux. Elle songeait qu'Ali n'était pas chrétien ! Et elle priait avec ferveur Dieu et sa sainte mère de toucher l'âme de celui qui allait être son époux.

Mais l'orgue a cessé ses chants harmonieux; le prêtre va prononcer la bénédiction nuptiale et passer au doigt des époux l'anneau qui doit les lier pour la vie. Angèle tressaille d'espérance et Ali de bonheur. Enfin les paroles sacramentelles sont prononcées et les deux époux sont unis. Les nouveaux mariés sortent en se donnant le bras à la mode française, excitant partout sur leur passage un murmure de véritable admiration.

Après une légère collation offerte aux invités, Ali annonça qu'il fallait partir, et proposa à tous les assistants de les amener à son douar. Quelques-uns seulement se joignirent à M. Martin et à la sœur d'Angèle, et une heure après, tout ce monde rejoignait les cavaliers du goum campés aux portes de la ville.

Le voyage s'effectua rapidement et commodément tout à la fois, car il se fit par petites journées et l'on mit huit jours pour gagner les douars des Beni-Amer.

Ali, pour le retour, avait fait déployer tout le

6

luxe usité en pareille circonstance. Un porte-para-
sol marchait derrière lui et sa femme, ainsi que le
cavalier porteur de son long fusil à capucines d'argent et de corail. Des timbaliers, des tams-tams, des
hautbois, des tambours basques ouvraient la marche, suivis des porte-étendards de la tribu, avec
leurs drapeaux rouges, blancs, jaunes et verts, ornés de croissants. Derrière les époux suivaient les
scheiks et les cavaliers en ordre parfait, et chaque
soir, un véritable village se formait avec les tentes,
les chevaux, les feux allumés et les jeux de toutes
sortes pour passer la veillée. Le lendemain, on
levait le camp, pour recommencer le même soir,
avec le même entrain.

A trois lieues du douar, le reste du goum des
Beni-Amer, composé de 1.000 à 1.200 cavaliers,
vint au-devant d'Ali, et dans le même ordre que
sa troupe. Alors, les cavaliers qui formaient la
droite de sa ligne de bataille s'élancèrent au triple
galop par rangs de deux, courant sur un angle fort
aigu, et se réunissant pour marcher par quatre jusqu'à la rencontre des arrivants, qui, de leur côté,
avaient imité cette manœuvre.

Alors, chaque rang de quatre exécuta la fantasia,
galoppant bride abattue, ventre à terre, déchargeant ses armes un peu avant de se rencontrer
face à face, et tournant bride aussitôt pour rechar-
ger et reprendre carrière. L'intervalle qui séparait
les arrivants des nouveaux venus s'était beaucoup

resserré : il était plein de cavaliers bondissants, de
chevaux caracolant, de fumée, d'éclairs et de cris
joyeux.

Tout à coup, du milieu de la ligne des goums du
douar, sortit un cavalier resplendissant dans sa
parure. Il montait un cheval noir, aux naseaux

enflammés, à la crinière flottante, à la queue large
et frisée ; son galop était rapide, il s'enlevait sur
ses jarrets d'acier, et retombait avec une majesté
gracieuse en livrant aux caresses des rayons du
soleil les reflets éblouissants de sa robe d'ébène.

L'équipage de ce beau coursier était étincelant ;
la housse et la selle étaient en velours vert brodé
d'or, les étriers en or massif, les flots qui pendaient
au poitrail, en argent bruni. Mais ces richesses

étaient encore éclipsées par l'éclat de la toilette du cavalier.

Les cinquante boutons de son gilet étaient en perles fines, le gilet était tout en drap d'or, et son haïk de gaze fine ressemblait aux ailes diaphanes du papillon. Ses trois burnous étaient galonnés d'or et ses bottes molles en maroquin semé de pierreries portaient de longs éperons d'argent massif.

Ce cavalier magnifique arriva devant Ali-ben-Hassan, et son cheval, lancé à un galop furibond, enfonça tout-à-coup ses pieds de derrière dans le dur terrain, ploya sur ses jarrets, refoula son avant-train sur sa croupe et fléchissant sur ses boulets, tombe à genoux, couche ses oreilles et baisse la tête.

Alors le cavalier déchargea respectueusement son fusil aux pieds d'Ali et la détonation avait à peine éclaté, que son cheval, se relevant par un effort énergique et d'un seul élan, se mit à piaffer et à caracoler, tandis que d'une voix éclatante le beau cavalier, qui était l'agha des Beni-Amer, assurait Ali-ben-Hassan de son dévouement inaltérable et le félicitait de son mariage.

Le spectacle de tous ces hommes hardis et magnifiques était éblouissant.

Le goum entier rentra au douar en continuant la fantasia. Tout celui-ci était en fête. Le Kaïd et sa femme, ses invités et l'agha, mirent pied à terre, entrèrent sous la tente qu'on avait dressée pour

Ali, et s'étendirent sur d'épais tapis pour prendre le *caouad* (1), en attendant le festin, qui ne tarda pas à commencer.

A tous les feux rôtissaient des moutons entiers ; les femmes roulaient le couscoussou et préparaient les pâtisseries et les sorbets ; les vaches et les chamelles prêtaient leurs mamelles aux doigts empressés des pasteurs, les enfants gambadaient et dansaient des rondes joyeuses.

Pendant trois jours entiers, on ne vit que danses et banquets dans toute la tribu, et ce ne fut que le soir du troisième jour que la nouvelle mariée, pour se conformer aux usages arabes, entra en souveraine maîtresse sous la tente du Kaïd, qu'elle ne devait plus quitter désormais.

Elle était reconnue comme appartenant au douar à partir de ce jour.

(1) Nom donné au café par les Arabes.

CHAPITRE VII

CHAPITRE VII

TRAHISONS

Deux ans se sont écoulés, et bien des événements ont eu lieu durant ce temps.

Ali-ben-Hassan combat toujours dans les rangs de l'armée française, mais il n'est plus Kaïd que de nom, et sa tête a été mise à prix par les Beni-Amer révoltés, à l'instigation de l'agha Ben-Daïli-Omar, celui-là même que nous avons vu lui jurer fidélité.

Ses tentes, ses troupeaux, ses trésors lui ont été enlevés et il n'a pas plus que sa solde de fonctionnaire français pour subvenir à ses besoins et à ceux de sa femme et du jeune fils qu'elle vient de lui donner.

Un coup d'œil sur le passé est donc nécessaire pour comprendre la situation.

Le 23 décembre 1840, le général Bugeaud avait

8.

remplacé le maréchal Valée gouverneur général
d'Algérie et après une proclamation énergique, qui
lui assura les sympathies non seulement de l'armée,
mais des colons et des Arabes soumis à la France,
il résolut d'en finir avec l'Emir afin d'assurer la
tranquillité intérieure de la colonie.

Pour cela, il s'agissait de frapper à la fois toutes
les tribus rebelles, de détruire les places fortes de
l'ennemi et de ruiner l'influence d'Abd-el-Kader.

Toutes les dispostions nécessaires pour recommencer les hostilités avec avantage furent prises, et
l'année 1841 s'ouvrit heureusement par la défaite
de Ben-Thamy, Khalifa de l'Emir qui battit en
retraite et par une forte razzia sur le territoire des
Beni-Oualban, toujours remuants, et que ce coup
frappa de terreur.

La campagne s'ouvrit au printemps par les ravi-
taillements de Médéah et de Milianah et nous eûmes
près de cette dernière ville un engagement sérieux
le 1er mai.

Le 3 mai, une affaire plus importante encore eût
lieu avec les Kabyles, soutenus par les réguliers
et les cavaliers de l'Emir, et commandés par lui-
même. Il y avait là près de 12.000 fantassins et à
peu près autant de cavaliers arabes, tandis que
notre colonne, ne comptait guère que 8,000 soldats,
mais les ducs d'Aumale et de Nemours étaient à
leur tête.

Aussi Abd-el-Kader fut-il battu, et l'élan de nos

troupes fut tel qu'il essuya une véritable déroute.

Cependant l'Emir ne se découragea pas et s'occupa de réunir toutes ses ressources militaires pour défendre ses forteresses de Boghar, Tagdempt et Thaza. Il avait compris le projet du général Bugeaud. Ce fut en vain. Malgré sa vive résistance, nos zouaves entrèrent dans Tagdempt qu'avant de partir les Arabes avaient incendiée et du sommet d'une hauteur voisine, où il s'était retranché, Abd-el-Kader vit s'écrouler cette citadelle, dont l'installation lui avait coûté tant d'efforts.

Ce premier échec ébranla son influence sur les Arabes sans le décourager cependant. Tagdempt ruiné et occupé, notre colonne revint à Mascara où elle entra sans coup férir.

Un épisode bien fait pour faire comprendre les mœurs arabes trouvera ici sa place.

Le lecteur n'a sans doute pas oublié Ali-ben-Kodjia et sa fille Fathma?

Lors de la prise de Tagdempt, le vieux scheik ne put s'empêcher de verser des larmes sur la ruine de sa maison et de ses trésors. Il ne lui restait plus rien, que ses serviteurs...

Fathma était plus belle que jamais, mais son front avait pâli et les chansons avaient fui de son gosier de fauvette. En trois années, elle avait vieilli de vingt ans.

En vain Ali-Kodjia l'attirait vers lui pour lui demander le sujet de son chagrin. Elle ne répon-

dait pas aux questions de son père et changeait le
sujet de la conversation.

Un jour, enfin, succombant sous lo poids de sa
douleur, elle avoua au vieux scheik qu'elle aimait
toujours Ali et cela sans espoir, attendu qu'il s'était
allié avec les infidèles et même avait épousé une de
leurs filles.

Le front du vieillard se rembrunit, car il n'ignorait pas ce qu'il appelait la trahison de Ben-Hassan
et savait qu'il était Kaïd des Beni-Amer.

Avec toute la douceur possible, tous les ménage-
ments imaginables, il lui fit comprendre qu'il fallait chasser ces souvenirs de son cœur, puisque
jamais lui, Ali-Kodjia, ne pourrait revoir qu'en
ennemi, celui qu'autrefois il était près d'appeler son
fils.

— Ecoute, Fathma, continua-t-il, tu es jeune,
tu es belle, et je suis riche et puissant. Aussi,
crois-le, tu trouveras facilement un époux parmi
les brillants cavaliers de l'Emir et j'en connais plus
d'un qui fait en secret des vœux pour m'appeler
son père.

Fathma se jeta alors aux pieds du vieux scheik
et lui demanda trois mois pour réfléchir.

Dans trois mois, dit-elle, où je me serai vaincue
et alors je maudirai Ali-ben-Hassan comme toi et
en fidèle musulmane, ou enchaînée à sa pensée, je
me résoudrai à subir la volonté d'Allah! et te
permettrai de chercher à te venger de ses dédains.

Ali-Kodjia consentit à sa prière, comptant sur la vive affection que Fathma avait pour lui, jurant que pendant trois mois, il ne lui parlerait pas de ses projets.

Pendant ces trois mois, le jeune fille chercha de son côté à fléchir son père.

— Père, lui disait-elle, j'ai prosterné mon front sur le marbre de la mosquée, j'ai salué l'aurore et le déclin du jour, fait avec ferveur toutes mes prières, et dans tous mes élans vers Allah, je lui ai demandé ses conseils et son assistance. Faut-il haïr Ali-ben-Hassan, celui que tu m'avais destiné pour époux, et à qui ta sagesse a fait un trône dans mon cœur? lui ai-je demandé sans cesse. — Non! m'a-t-il toujours répondu. — Faut-il donc l'aimer? — Oui, disait encore la voix des anges qui répondait à l'écho de mon âme. — Mon père, j'ai essayé mes forces et elle m'ont trahie. Tu le vois, la pâleur qui couvre mes joues atteste la désolation de mon cœur. Par pitié, écris à Ali, dis-lui que nous lui pardonnons, et tu auras mis une fête éternelle dans mon âme.

Fathma était vraiment belle dans son affliction, et le vieux Kodjia fut au moment de céder à sa demande, mais le fanatisme l'emporta sur l'amour paternel.

— Non, dit-il enfin, je ne puis consentir à ta demande, car Ali est un traître et un Caïn qui massacre ses frères.

Alors Fathma fit un bond en arrière, se redressa

de toute la richesse de sa taille, le regarda avec des yeux égarés et s'écria :

— Puisque l'affection d'un père n'enfante que l'injustice et la cruauté, puisque rien ne peut fléchir ta haine, que Dieu te pardonne et que sa bénédiction soit avec toi.

Et prompte comme l'éclair, avant que le bras d'Ali-Kodjia ait pu l'arrêter, elle vida le contenu d'un flacon de poison caché dans sa ceinture.

Un quart d'heure après, Fathma n'était plus qu'un cadavre, et son père, insensible à tout, versait des larmes amères, près de la natte où reposait le corps de sa fille. Et il se releva en jurant de se venger de celui qui avait causé la mort de cet être chéri.

Dès ce jour, il mit tout en œuvre pour arriver a ses fins, et envoya de nombreux émissaires chez les Beni-Amer, pour soulever la tribu contre celui qu'il appelait le maudit.

Nous verrons plus tard qu'il réussit au-delà de ses espérances, et à la ruine de Tagdempt, nous venons de le voir, il était aux côtés de l'Emir, pour lequel il avait une affection et un attachement qui en faisaient l'un de ses officiers les plus dévoués.

Maîtresse de Tagdempt et de Mascara, la colonne française prit la route de Mostaganem, après avoir laissé à Mascara une garnison commandée par le colonel Tempoure. Mais en traversant le défilé d'Abd-el-Kreda, tout hérissé d'aspérités, l'arrière garde eut à soutenir le choc de 5 à 6.000 Arabes qui y perdirent 7 de leurs principaux chefs et 400, hommes, non sans causer quelques dommages. L'Emir fut obligé, grâce à cette vigoureuse résistance, de battre en retraite et n'inquiéta plus nos soldats jusqu'à Mostaganem.

Pendant ce temps, une autre colonne détruisait à la fois Boghar et Thaza, de sorte que l'Emir se voyait chassé à la fois de tous les points qu'il avait fortifiés, et toutes ces victoires amenaient la soumission du Dahra, des Hassaïna et d'une partie des Ouled-Garabas. Le fort de Saïda était ruiné également et Abd-el-Kader fut forcé de reculer dans le sud vers le désert.

Mais ses émissaires ne restaient pas inactifs.

Hadji-Mohammed, l'ennemi d'Ali, le marabout aimé de l'Emir tenait la province de Constantine avec Ahmed et Fahrat-ben-Saïd, mais il était surveillé par le général Négrier, qui déjouait toutes ses menées.

C'est alors que les Hadjoutes, les Hachem et les Beni-Amer se réveillèrent de leur torpeur et de leur inaction.

Chez les Beni-Amer, les envoyés d'Ali-Kodjia avaient fait merveille. A force de présents, et de douces paroles, il s'étaient insinués dans les bonnes grâces des principaux scheiks, ceux-là mêmes qui avaient reçu l'investiture du burnous.

L'agha Ismaïl-ben-Thaleb, qui aspirait secrètement à être le Kaïd des Beni-Amer, ne pouvait pardonner à Ali de l'avoir supplanté et il disait hautement qu'il avait usurpé arbitrairement le pouvoir.

De plus, les anciens du douar ne pouvaient lui pardonner d'avoir pris une femme française tandis que tant de jeunes filles arabes auraient brigué l'honneur de partager sa tente. Les femmes de la tribus s'en mêlèrent, et bientôt un vaste complot s'ourdit dans l'ombre contre le jeune Kaïd.

Ali, confiant dans la parole des chefs et plein de loyauté, ne se douta pas des menées dirigées contre lui et contre la France, et plein de sécurité, ne s'occupait guère que de sa félicité présente. Peu à peu, et pour plaire à son épouse, il quittait les habitudes du pays, renonçant aux mœurs arabes et

s'occupait d'administrer à la française le peuple
confié à son autorité. Il ne pensait pas que son œil
devait être sans cesse ouvert pour déjouer les trames
des ambitieux et des fanatiques. Aussi cette sécurité lui fut nuisible. Il dormait sur une mine dont
la mèche était allumée et qui n'attendait que le
moment favorable pour éclater.

Nous l'avons dit, il avait un fils, et le vaillant
kaïd oubliait souvent près de sa femme et de son
enfant les affaires du pays et ne pouvait voir ce qui
se passait à quelques pas de lui.

La tente d'Ismaïl servait de rendez-vous aux mé-
contents. Son parti grossissait de jour en jour, et
le brillant agha voyait avec joie que bientôt il allait
être assez fort pour jeter le masque et chasser son
rival.

Le marabout Mohammed-ben-Kaddour, arrivé
secrètement, prêcha la guerre sainte dans toutes
les tentes, parcourant le douar et appelant les Arabes aux armes, et lorsque le Kaïd l'apprit, il était
trop tard pour réprimer la révolte et châtier les
conjurés.

Heureusement pour lui, quelques cavaliers du
goum restaient fidèles à sa fortune et à celle de la
France, et ni promesses, ni menaces, rien ne put
les tenter.

Ali donna l'ordre d'arrêter Ben-Kaddour, et se
mit à la tête de ses fidèles pour le faire prisonnier

et l'envoyer à Oran. C'était son ennemi, du reste, on le sait, et l'Arabe ne pardonne guère.

Lorsqu'Ali arriva à la tente d'Ismaïl pour le sommer de lui livrer Ben-Kaddour, l'agha répondit par un refus formel, déclarant que le marabout était son hôte et que pour rien au monde il ne trahirait les devoirs sacrés de l'hospitalité.

Sur l'injonction formelle du kaïd, nouveau refus de l'agha.

Ali, ne se contenant plus, fondit, le yatagan à la main, sur les hommes qui entouraient Ismaïl et Ben-Kaddour, et, secondé par les siens, il enleva le vieux marabout, et revint à sa tente après avoir placé des cavaliers dévoués en sentinelle pour le garder. Il avait compris le danger et se tenait sur ses gardes. Il n'avait malheureusement autour de lui qu'une centaine de partisans sur qui il pût compter.

Dans la journée, Ismaïl réunit les conjurés, et vers le soir, sept à huit cents cavaliers parurent à l'entrée du douar et proche de la tente d'Ali en hurlant : Mort au Kaïd et à la roumi ! Vive l'Emir !... Mort aux Français !

Ali comprit que la résistance était inutile, et il se retira dans sa tente.

En homme énergique, il avait pris son parti. S'adressant à ses amis :

— Enfants, leur dit-il, nous n'avons qu'un parti à prendre. Le douar est révolté : il nous faut aller à Oran. Je vous confie ma femme et mon fils. Puis-je compter sur vous ?...

— Nous mourrons pour te défendre, répondirent ceux qui l'entouraient.

— Eh bien ! alors, à cheval et chargeons : il s'agit de passer, et nous passerons coûte que coûte.

Enlevant de son bras vigoureux Angèle et son enfant, il les plaça sur un cheval docile et léger tout à la fois, et se mit à côté d'eux ; puis, le yatagan à la main, les yeux pleins d'une ardeur guerrière, il s'élança en avant.

Ce ne fut pas un combat. On eût dit une trombe, un ouragan passant sur les révoltés, et ces braves étaient déjà bien loin, sans qu'un seul coup de feu eût été tiré contre eux.

Mais cela ne faisait pas le compte d'Ismaïl, qui voulait se débarrasser de son rival, ni celui de Mohammed-Ben-Kaddour, que dans sa prompte décision Ali avait oublié, chargé de liens, dans un coin de sa tente. Le marabout et l'agha décidèrent que le Kaïd et ses fidèles seraient poursuivis sans pitié. Ils voulaient la tête d'Ali.

Pendant que les femmes, toujours cruelles en ces circonstances, pillaient les trésors du Kaïd, enlevaient les parures et les vêtements de sa femme, et mettaient le feu à sa tente, 600 cavaliers bien armés s'élancèrent sur les traces du kaïd et de son escorte.

Ali vit le danger et aperçut la flamme qui con-

sumait ses richesses. L'important pour lui était de
mettre en sùreté son trésor le plus cher : sa femme
et son fils.

— Angèle, dit-il à sa femme, pars en avant avec
notre enfant ; je vais attendre ces maudits et les
combattre : il le faut.

Et après l'avoir tendrement embrassée, il la décida à partir, quoiqu'elle voulût partager son sort.

— Ta place n'est pas ici, et il ne s'agit pas de
perdre du temps, dit-il.

Il la confia alors à six de ses hommes les plus
sûrs, qui prirent au galop la route d'Oran, et attendit de pied ferme l'ennemi, six fois plus nombreux que les siens.

— C'est le moment de vaincre ou de mourir !
leur cria-t-il. Je compte sur vous.

Un instant après, une mêlée indescriptible avait
lieu.

Ce n'était plus une fantasia, cette fois, mais un
véritable combat, où des frères, des parents, s'égor-
geaient au nom de la France et d'Abd-el-Kader.

Tout-à-coup, Mohammed-ben-Kaddour apercevant
Ali, se précipite sur lui et fait feu de sa longue
carabine. L'ayant manqué, il saisit son yatagan et
un combat corps à corps s'engage entre le vieux
marabout et le Kaïd. Les Arabes des deux partis
s'arrêtèrent pour assister à cette lutte, pendant que
d'un autre côté, Ismaïl-ben-Thaleb s'avançait sur
Ali.

En quelques secondes Ben-Kaddour gisait à terre : le Kaïd lui avait fendu la tête d'un coup de sabre. Ce fut alors Ismaïl qui entra en lice.

Les deux adversaires étaient tous deux jeunes, hardis, vigoureux, et experts au maniement des armes ; aussi ce duel fut-il terrible, acharné et sans merci.

Mais cette fois encore, l'adresse et la vaillance

d'Ali l'emportèrent sur la fougue de son ennemi Ismaïl, blessé au bras, fut renversé de son cheval. Une charge des partisans d'Ali brisa les efforts des Beni-Amer, qui, se voyant désormais sans chef, enlevèrent Ismaïl à moitié mort et prirent la fuite vers leur douar.

Ali put alors continuer sa route : deux jours après il était à Oran, et rendait compte au général de sa conduite, qui était déjà connue et pour laquelle il fut hautement félicité. Sa femme et son enfant étaient en sûreté et ce ne fut pas sans une véritable joie qu'il les retrouva chez M. Martin.

Les Beni-Amer, sûrs d'être sévèrement réprimés, se mirent donc en mesure de défense, et au lieu de demander l'*aman* (1), s'allièrent avec les Hadjoutes, les Hachem, les tribus de la Tafna et celles des Garabas.

Le général Lamoricière entreprit la tâche de dompter ces différentes tribus.

Il commença par les Garabas, qui se soumirent sans difficulté apparentes, et n'eut qu'à paraître chez les Beni-Amer pour que les scheiks vinssent implorer à la fois le pardon du général et celui de leur Kaïd, fournissant même un contingent pour aider le général à soumettre les autres rebelles, et au mois de novembre, tout était tranquille dans la province.

Il restait encore la grande confédération des Hachem et des Hadjoutes, et le 15 mars 1842, le général Bugeaud partit de Mostaganem avec la brigade d'Arbouville et les goums pour affranchir la Mitidja des incursions de ces pillards et des montagnards kabyles. Il fut rejoint sur les bords du Chéliff par la colonne du général Changarnier qui arrivait d'Alger et enveloppa dans un immense croissant la montagne où ces tribus avaient leur retraite.

A peine cette razzia fut-elle commencée, que les scheiks et les vieillards accoururent implorer la

_____

(1) Faire leur soumission. C'est un terme arabe.

paix qui leur fut accordée, ce qui assura le communications entre Médéah, Milianah, Cherchell et Alger.

Mais au mois de septembre, Abd-el-Kader reparut, après avoir reçu du renfort de plusieurs tribus et du bey de Milianah.

Attaqué sur les bords de la Mina par le général de Lamoricière, il tenta vainement de se défendre et fut obligé de prendre la fuite devant nos troupes.

Malgré sa défaite, il se maintint dans les environs de Tagdempt avec 15 à 1600 cavaliers et 7 à 8.000 habitants qu'il traînait à sa suite. Il reparaissait toujours au moment où l'on croyait n'avoir plus à le combattre.

C'est ce qu'apprit le général Changarnier à ses dépens quelques jours après.

Attaqué par l'Emir et les Arabes de l'agalik des Onay, entre Mascara et Milianah, il eut à soutenir un combat terrible ; pendant deux jours on se battit à l'arme blanche et à portée de pistolet. Nos troupes ne purent pas être entamées, mais elles n'obtinrent aucun succès.

L'Emir, voyant qu'il allait être cerné par les colonnes d'Arbouville et Lamoricière, qui accouraient sur ses pas, se dirigea d'abord sur les défilés du Petit-Atlas, puis vers le désert par Tuggurth.

Pendant les mois de mars et d'avril 1843, des razzias incessantes, exécutées par les généraux Bedeau, Changarnier et Gentil, amenèrent la soumission définitive de la plupart des tribus ; mais il fallait en finir définitivement avec l'Emir et le forcer à se rendre ; car le gouverneur comprenait qu'il était le seul obstacle à la pacification complète de l'Algérie.

Ali avait repris son poste de kaïd; mais cette fois, averti par l'expérience, il était sans cesse en éveil et occupé à contenir les murmures des Arabes des tribus limitrophes de la sienne.

Il avait reçu un sabre d'honneur comme gage éclatant de la reconnaissance de la France pour les services rendus, et, de plus en plus pénétré des bienfaits du christianisme, il semblait prêter une oreille favorable aux paroles de sa femme et disposé à se faire chrétien ; il avait même fait baptiser en secret son fils à Oran, pour plaire à Angèle, et n'attendait qu'un moment favorable pour déclarer hautement qu'il était prêt à recevoir lui même le baptême.

Mais ces guerres incessantes, cette politique tortueuse qu'il était obligé de suivre, le contrariaient dans ses projets, et il espérait des jours meilleurs pour se dévoiler, car il n'ignorait pas qu'en ce moment, une abjuration lui eût enlevé tous ses plus fidèles serviteurs et l'aurait obligé à fuir de nouveau le sol des Beni-Amer. Il attendit donc.

Angèle, de son côté, priait sans cesse pour l'œuvre de régénération.

Ali reçut l'ordre de rejoindre avec son goum la

colonne qui, sous les ordres du duc d'Aumale, allait traquer l'Emir jusque sur les limites du désert.

Nous l'avons dit : Abd-el-Kader n'avait plus de résidence fixe et était réduit à guerroyer en chef de bandes et à chercher un refuge où il pouvait. Le désert, nécessairement, était l'endroit le plus favorable pour lui. Sa famille et celles des principaux officiers attachés à sa fortune se réunissaient donc à lui avec toutes leurs richesses et formaient une population nomade qui changeait sans cesse de demeure, selon les chances de la guerre.

Cette multitude, composée de 12 à 15.000 personnes, constituait sa s*malah*(1) et le suivait dans tous ses mouvements, soit dans les terres cultivées, lorsqu'il avait l'avantage, soit dans le Sahara quand il était forcé de battre en retraite.

Abd-el-Kader mettait toute sa sollicitude à la pourvoir des mulets et des chameaux nécessaires pour le transport des bagages, des veillards, des femmes et des enfants, et afin de la mieux garantir en confiait la garde à ses troupes régulières et surtout à ses cavaliers rouges commandés par le farouche et cruel Moctar-ben-Aïssa.

Les efforts du génie de l'Emir pour créer la défense de son pays sont admirables, autant que son fanatisme. Toutefois cette résistance est belle

(1) Ce mot représente en arabe les tentes du maître, sa famille, ses équipages, ses domestiques et ses richesses.

7

et grande et un de nos écrivains (1) a dit « Si nous n'étions la France portant la civilisation à l'Algérie, nous voudrions être l'Algérie défendant sa nationalité contre la France. »

La résistance de tous les peuples, quels qu'ils soient est héroïque devant la conquête, et la gloire d'Abd-el-Kader est d'avoir résumé l'Islamisme d'Afrique à ses derniers moments.

Sur le front élevé de l'Emir, siégeait l'inspiration religieuse, dans ses yeux doux et sereins, la méditation du patriarche ; grave au repos, courageux dans l'action, cet homme réunissait une puissante volonté à une douce mélancolie ; c'était un bizarre contraste de dévotion et de commandement, de force brutale et de mansuétude évangélique, auquel des populations superstitieuses et guerrières ne pouvaient refuser l'hommage de l'admiration et le droit de la souveraineté.

Il apparaissait comme un prophète aux tribus en leur disant d'une voix inspirée: « Je suis le chef des croyants, suivez-moi au nom de Mohammed et d'Allah et nous rejetterons les chrétiens vers la mer, comme je replie la toile de ma tente. » Il montra un courage surhumain dans tous ses combats et sa chute fut remplie de noblesse, plus encore que son élévation avait été habile.

Quoi qu'il arrive, son nom restera à jamais ins-

_____

(1) Pitre-Chevalier.

Le plus beau à voir, c'était Yousouf (page 197).

crit dans les fastes de l'histoire comme celui d'un grand homme, d'un nouveau Vercingétorix.

Mais pénétrons dans son camp.

La tente de l'Emir mérite une description toute spéciale. Elle avait trente pieds sur douze et était garnie de draps de diverses couleurs, brodés d'arabesques et de croissants jaunes, rouges et verts. Un rideau de laine la partageait en deux et dans le fond, se trouvait un matelas pour la sieste. Une petite porte s'ouvrait à l'angle, pour les esclaves chargés du service, des repas et des ablutions. Deux rideaux levés tout le jour formaient l'entrée d'honneur et se fermaient la nuit, au moyen de deux perches attachées ensemble. Quatre drapaux en soie pour la cavalerie et l'infanterie régulières, étaient roulés par terre, prêts à se déployer devant la tente et à précéder les guerriers à la fantasia ou à la bataille. Un tabouret rouge, deux carreaux, un tapis, des caisses d'or, complétaient l'ameublement.

Trente noirs montaient la garde au dehors avec une foule de chiaous (1) attentifs au moindres ordres du maître. Tout à l'entour enfin se groupaient, la déïra, les réguliers et des milliers d'Arabes, hommes, femmes et enfants qui se prosternaient sur le passage de l'Emir, et le saluaient de mille acclamations.

(1) Bourreaux arabes.

C'est là, dans cette tente, que nous retrouvons plusieurs des principaux personnages mentionnés au début de cette histoire, c'est-à-dire Ben-Salem, Mustapha-ben-Thamy, Mohammed-ben-Ahmed et Ismaël-Scherif entourés d'un grand nombre de fidèles officiers au milieu desquels on remarque particulièrement le vieux scheik Ali-Kodjia.

L'Emir écoutait le rapport de ses envoyés avec une attention des plus soutenues.

— Ainsi, mon fidèle Ben-Salem, disait-il, encore un échec. Encore une fois les Français ont attiré à eux toutes les tribus de la plaines et la plupart de celles de la montagne.

— Oui, puissant chef des Croyants, répondit Ben-Salem. Malgré tous mes efforts, les Hadjoutes et les Hachem ne veulent plus de la guerre ; les Flittas ont déposé les armes, et j'en suis honteux pour eux ; les tribus de la Djediania et de l'Oued-Rihou sont en fuite et leurs douars ont été brûlés par les maudits. Les Beni-Amer ont fait plus. Sous les ordres de leur Kaïd, Ali-Ben-Hassan, ils se sont joints aux Roumis.

— Quand à lui, dit d'une voix creuse, Ali-Kodjia, malheur s'il tombe entre nos mains. Vaillant Emir je te demande sa tête pour venger la mort de ma Fathma.

— Et elle t'est accordée, lui répondit Abd-el-Kader, car c'est un traître, qui a vendu mes secrets, et qui a renié son pays pour se mettre à la solde des envahisseurs.

— Et toi Mustapha, quelles nouvelles?

— Mauvaises, Emir, très mauvaises. Je n'ai plus de cavaliers, et les Kabyles que j'ai essayé de soulever ont refusé d'écouter ma voix.

— Et moi ajouta Ismaël, je t'apporte la nouvelle de la défaite d'El-Berkani ton fidèle Khalifa chassé par les Français des montagnes de Cherchell et fugitif avec les débris des Beni-Ferrak et des Beni-Menacer.

Ainsi tout nous accable dit l'Emir. Mais Allah est grand et rien n'est perdu encore, tant que j'aurai autour de moi mes fidèles. Je veux lutter jusqu'au bout et tenir tête à nos ennemis. Il faut que l'Algérie entière se soulève. Je puis compter sur toi Ben-Ahmed, et tu peux, m'as-tu dit, réunir encore quelques milliers de cavaliers. Mets-toi à leur tête et viens me rejoindre au plus tôt.

Ahmed s'inclina et sortit. Une heure après, un de ses cavaliers partait pour Boghar, où il remettait à à un officier français de spahis commandant de ce poste, une lettre ainsi conçue:

« Ahmed prévient le sultan de France que l'Emir est aux abois, et qu'il est facile de le faire prisonnier, il y aidera lui-même, si la France veut lui donner le titre de Grand-Khalifa du désert. Il attend la réponse. »

L'officier transmit aussitôt le message au duc

d'Aumale, alors au petit village de Gougitah, et reçut une réponse affirmative qu'il se hata de faire parvenir à Ahmed.

L'Etoile d'Abd-el-Kader pâlissait et allait bientôt disparaître.

CHAPITRE VIII

CHAPITRE VIII

LA BATAILLE D'ISLY

Lorsque le duc d'Aumale eut appris que la smalah d'Abd-el-Kader était campée dans le sud-ouest Ouarensis, il se mit immédiatement en route, et sachant qu'elle n'était qu'à quinze lieues de lui fit une marche forcée pour l'atteindre.

Sa colonne s'engagea dans des plaines incultes et sans eau, d'une étendue considérable, mais l'ardeur des soldats était excitée par l'espoir d'une prompte victoire. Après une véritable course de vingt-cinq heures, l'avant-garde de la colonne aperçut à Taguin, une ville de tentes, occupant une étendue de plus de 2 kilomètres et établie sur les bords de l'Oasis, qui coule au milieu d'abondants pâturages : C'était la smalah.

Aussitôt le duc d'Aumale, suivi du colonel You-souf, du lieutenant-colonel Morris et de 500 cavaliers à peine, se lance au galop et tombe au milieu des arabes.

Cette attaque si brusque jeta l'épouvante parmi cette multitude d'hommes, de femmes, d'enfants et de vieillards. Ils sont culbutés les uns sur les autres, et tombent pêle mêle avec les mulets et les chameaux.

Enveloppés dans ce tumulte général, les réguliers de l'Emir ne peuvent se servir de leurs armes; ceux qui résistent sont sabrés par nos spahis ou entraînés par la foule qui les renverse sous ses pieds.

La débâcle fût complète. Tout ce qui pouvait fuir courait en désordre, çà et là, vers le désert en chassant les troupeaux épouvantés; 3600 personnes furent faites prisonnières et dans ce nombre plus de 300 personnages de distinction appartenant aux familles des principaux lieutenants de l'Emir.

— Abd-el-Kader parvint pourtant à s'enfuir; il fut poursuivi, et un dernier engagement avec les débris de sa smalah, eut lieu le 22 juin au pied du plateau de Djedda. La victoire vivement disputée nous resta et l'Emir faillit encore demeurer entre nos mains. Il s'échappa à grand'peine suivi de quelques cavaliers seulement et gagna le Maroc où il espérait obtenir du secours de l'empereur Abder-Rahman, jusque-là son allié.

Peu de temps après Sidi-Embarek, le plus puissant de ses Khalifas, était battu et tué près de l'Oued-Mala, et les Kabyles se voyaient châtiés

dans leurs montagnes ét forcés d'abandonner Dellys
où fut laissée une garnison française.

Ce fut une dure expédition que celle de la Kabylie : La grêle, des torrents de pluie, des tourbillons
de neige enveloppaient nos soldats d'eau, de boue,
et de glace. Ils se traînaient transis de froid et exté-
nués de fatigue.

Mais Bugeaud était là; comme tout le monde
mouillé jusqu'au os, harrassé, brisé, il était souriant, intrépide, animant tout le monde de la voix
et du geste.

Dans un de ces combats, le brave maréchal tomba
dans une embuscade, reçut cinq ou six coups de
feu, eut un cheval tué sous lui, mais ne quitta pas
ses soldats une minute.

Bientôt l'armée se trouva dans une plaine effon-
drée par six semaines de pluies torrentielles et
devenue impraticable ; l'infanterie marchait dans
la vase jusqu'au genoux et parfois dans l'eau jusqu'au ventre. Enfin elle franchit l'Isser, et marcha
à travers les flots débordés de l'Oued-Neca.

Trois jours après, cette vaillante colonne culbu-
tait à Taourga cinq à six mille Kabyles; puis le 16
mai 1844, à deux heures du matin, par une attaque nocturne, enlevait les crêtes les plus impratica-
bles de la Kabylie et arborait le pavillon français
sur ses pics où jusque-là les aigles seuls avaient
osé se poser.

En quinze jours, toute la Kabylie était soumise,

et le souvenir de cette campagne est désormais un fait sans précédent en Afrique.

Au cours de l'expédition du Djurjura, pendant une nuit obscure, la vigilance des zouaves fut surprise. Les Arabes parvinrent à se glisser au milieu de nos postes et firent soudain une décharge meurtrière.

Un instant, nos soldats troublés hésitent ; nos officiers se lèvent et s'élancent ayant le maréchal à leur tête.

Le premier, celui-ci commence l'action et tue deux ennemis. Les zouaves réveillés accourent et bientôt les Arabes mis en désordre sont repoussés.

Le combat achevé, le maréchal à la lueur des feux de bivouac s'aperçoit que chacun le regarde et que tout le monde sourit. Il porte la main à sa tête et reconnaît qu'il s'est jeté dans la mêlée, avec la coiffure du roi d'Yvetot, le célèbre bonnet de coton.

Aussitôt, il demanda sa casquette ; chacun alors de répéter : la casquette ! as tu vu la casquette ! Refrain qui est devenu légendaire dans l'armée et que nos clairons ont adopté depuis.

Cependant Abd-el-Kader était au Maroc, et ses agents remuant sans cesse les esprits des Marocains, une multitude de ces derniers, — ramassis de nègres et d'Arabes sans aucune discipline, — vint se ruer sur notre camp de Mouïlah. Une affaire très sérieuse eut lieu, où nous eûmes plusieurs officiers blessés et des soldats tués ; mais les Marocains, repoussés par les généraux Lamoricière et Bedeau, s'enfuirent et se retirèrent à Ouchda.

Quelques jours plus tard, l'armée marocaine nous ayant assaillis aux environs d'Ouchda, les soldats ennemis sont taillés en pièces et la ville tombe en notre pouvoir.

A ces nouvelles, le maréchal, quoique âgé de 60 ans, court vers l'ouest, parcourt 150 lieues de vallées et de montagnes, et arrive à Ouchda le 12 août.

L'armée entière y était rassemblée et pour solemniser sa réunion, voulut célébrer une fête de nuit. Les coteaux et les rochers furent chargés d'arbustes et de fleurs ; de toutes parts ils furent parsemés de bougies et de lumières ; 40 gamelles de punch furent préparées et allumées.

Les soldats riaient, chantaient et dansaient, les musiques jouaient, les clairons battaient au champ.

Le maréchal parut. Il y eut d'abord un profond et respectueux silence, puis un toast chaleureux lui fut porté.

Une joyeuse acclamation, un immense hourrah accueillirent ce toast.

Alors, le maréchal, ému, prononça ces paroles :

« Après-demain ce sera une grande journée. Nous » sommes 8.000 et les Marocains 80.000 ! mais nous » avons une armée et ils n'ont qu'une cohue ; la » victoire est à nous. Voilà mon plan, d'ailleurs. Je » donne à ma petite armée la forme d'une hure de » sanglier. La défense de droite, c'est Lamoricière ;

» celle de gauche, c'est Bedeau ; le museau, c'est
» Pélissier ; et moi, je suis entre les deux oreilles.
» Ah ! mes amis, nous entrerons dans l'armée ma-
» rocaine comme un couteau dans du beurre. »

Cette allocution produisit un effet prodigieux.

Tous, officiers et soldats, pleins d'émotion, se
serraient la main et s'embrassaient, tous se pressaient autour du maréchal en lui promettant le dévouement et la victoire.

— Ah ! s'écria alors le vieux et vaillant Bugeaud,
si un seul instant j'avais pu douter du succès de la
journée qui se prépare, ce qui se passe en ce moment ferait disparaître toutes mes inquiétudes ;
avec des soldats tels que vous, on peut tout entre-
prendre.

Les négociations qui avaient été entamées traînaient en longueur.

Le consul général de France à Tanger demandait
à l'empereur du Maroc la dissolution de tout corps
d'armée se trouvant sur notre frontière d'Algérie,
la punition des kaïds ou scheiks qui avaient attaqué nos troupes en violant notre territoire, l'expul-
sion d'Abd-el-Kader du territoire marocain, et la
délimitation exacte des frontières, de manière à
éviter tout conflit à l'avenir.

A ces justes réclamations, la cour du Maroc ne
répondit que par des fins de non recevoir, et tergi-
versa pour gagner du temps et rassembler toutes
ses troupes. Il fallait agir sans retard, et le maré-

chal prit l'initiative, afin de ne pas se laisser plus longtemps leurrer par de fausses menées de diplomatie.

Le fils du sultan avait le commandement de l'armée marocaine, et son arrogance et sa présomption étaient si grandes, qu'il exigeait, avant de traiter, l'évacuation de Lalla-Magrinia et le renvoi du maréchal en France, persuadé que ses cavaliers allaient anéantir notre petite armée.

Le 13 août, au matin, après une habile manœuvre exécutée pendant la nuit pour la déguiser à l'ennemi dont il se rapprochait, les bivouacs sont établis sur les bords de l'Isly. Il n'y avait que la rivière entre les deux armées.

Les Marocains étaient en selle, au nombre de plus de 25.000, prêts à nous attaquer, lorsque nous atteignîmes les hauteurs de Djouf-el-Akhdar. De là on apercevait distinctement le camp des différentes tribus groupés autour de celui de Muley-Mohammed, et occupant un espace de plus de deux lieues sur la rive droite de la rivière.

Les cavaliers marocains essayèrent en vain de disputer le passage de l'Isly ; nos tirailleurs suffirent pour les disperser, et nos carrés, après avoir franchi la rivière, ne tardèrent pas à se montrer en bon ordre sur un plateau près de celui où se tenait le fils de l'empereur. C'est là que la bataille commença à s'engager sérieusement.

Les masses ennemies — et je laisse parler un

témoin arabe, — poussant des cris féroces, entou-
rent et assaillent notre infanterie. Cette petite colonne ressemblait à un lion entouré de 100.000
chacals. Chaque petit bataillon était chargé par 4
à 5.000 cavaliers, mais aucun ne bougea : tous restèrent inébranlables.

Alors, sur les ordres qui lui sont donnés, notre
cavalerie s'avance. Yousouf, à la tête de six escadrons
de spahis et de quatre escadrons de chasseurs d'A-
frique, s'élance vers le camp ennemi, où il est accueilli par une décharge d'artillerie et une fusillade
terrible à bout portant. Mais la vivacité de ses spahis rendit impossible une seconde décharge.

L'élan de ces escadrons est tel que rien ne les
arrête ; les spahis franchissent les barrières qui
protègent le camp, et sabrent tout sur leur pas
sage.

Les fantassins s'enfuient épouvantés, les artilleurs sont hachés sur leurs pièces, les cavaliers
balayés. Tout le matériel de l'armée marocaine,
ses munitions, ses bagages, tombent au pouvoir de
Yousouf.

L'ennemi essaye alors une nouvelle tentative sur
la droite de notre armée ; mais le colonel Morris
l'attaque en flanc et notre infanterie lui oppposc
une ligne hérissée de baïonnettes.

Voyant cette résistance, les Marocains se rejet-
tent sur la cavalerie de Morris, et 550 chasseurs
tiennent en échec plus de 6.000 ennemis. Ils font

de véritables prodiges : Groupés en pelotons, ils pénètrent dans la masse des cavaliers marocains et s'y maintiennent comme autant de citadelles vivantes.

Alors, le général Bedeau, pour les dégager, fait donner son infanterie, et les Marocains s'enfuient, ne jugeant pas à propos d'attendre le choc de nos fantassins.

Sur la gauche, ils étaient sabrés, mitraillés et littéralement broyés, et bientôt la débandade se mit dans leurs rangs. Ce fut un vrai sauve-qui-peut.

La panique fut telle chez eux, que le gros de leur armée ne s'arrêta que dans la nuit et à 12 lieues d'Isly.

Le lendemain, leur mouvement de retraite continua, et ils ne se seraient peut-être arrêtés qu'à Fez, si à Thaza un marabout n'eût dit à Muley-Mohammed : « Ce qui est arrivé, c'est Dieu qui l'a permis. Arrête-toi ici, tes soldats et tes chevaux pourront au moins s'y désaltérer. »

Cette bataille mémorable rappela celle des Chebreiss en Egypte. A midi, l'armée occupait le camp marocain, dinait et se reposait sous les tentes dressées par les soldats de Muley-Mohammed.

Cette victoire fut, pour ainsi dire, la consécration de la conquête de l'Algérie.

Le même jour, notre flotte, qui venait de bombarder Tanger le 6, bombardait Mogador, sous les ordres du prince de Joinville, et le capitaine Du-

quesne plantait le drapeau français sur les batteries de cette ville, dont toutes les fortifications
étaient détruites, les canons enlevés et les pou-
drières noyées.

Onze pièces de canon, seize drapeaux, 1.200 tentes, y compris celle du fils de l'empereur et son
parasol de commandement, tels furent les trophées
de la victoire d'Isly.

L'orgueil du Maroc était humilié et ses populations fanatiques comprirent la nécessité de faire la
paix.

Elle fut faite aux conditions précédemment sti-
pulées, et l'issue de cette campagne si rapidement
conduite et si glorieusement terminée, exerça la
plus salutaire influence sur nos affaires d'Algérie.

Le maréchal fut nommé duc d'Isly, et rentra en
France pour y prendre un repos dont il avait le
plus grand besoin, après quatre années laborieu-
sement employées, et le gouvernement resta par
intérim au général Lamoricière.

La clause du traité de Tanger, par laquelle l'empereur du Maroc s'obligeait à expulser ou à interner
l'Emir, ne fut pas exécutée. Notre dangereux ennemi resta longtemps campé sur la rive gauche de
la Malouïa, dans la partie du Maroc la plus rappro-
chée de nos possessions. De là, il envoyait partout
des émissaires prêchant la guerre sainte et portant
de nombreuses lettres dans lesquelles il annonçait
aux tribus que l'Islamisme était en danger et que

l'empereur du Maroc allait bientôt nous attaquer par le sud et l'ouest.

Un de ces émissaires était le vieux scheik Ali-Kodjia, qui s'était chargé de ramener à l'Emir les tribus du centre de la province d'Oran.

Un grand danger menaçait notre héros Ali-ben-Hassan, qui ne s'en doutait guère. Mais n'anticipons pas.

Ali-Kodjia sentait bien que pour ramener à l'E-mir des tribus telles que les Beni-Amer, ce serait une tâche difficile, car sous l'administration de Ben-Hassan ils étaient heureux.

Il s'agissait donc de s'emparer du Kaïd. Un meurtre eût été trop difficile, car le brillant officier était constamment sur ses gardes.

Le vieux scheik se souvint à temps que lorsque Ben-Hassan fréquentait sa maison, il affectionnait beaucoup un de ses cavaliers, du nom de Sidi-Ben-Abdallah, l'un de ses compagnons d'enfance. Ce Ben-Abdallah était un fanatique comme il s'en trouvait beaucoup à cette époque, et eût tué sans pitié le Kaïd s'il l'eût rencontré sur sa route. Mais l'envoyer assassiner par cet homme ne semblait pas assez sûr au viellard : il craignait, et avec raison, que Ben-Hassan ne fût manqué, et en ce cas, adieu sa vengeance !

Inspiré par le démon de la haine, il combina un plan infernal contre le Kaïd. C'était une mort igno-minieuse qu'il lui fallait pour le satisfaire, et plus encore, l'extinction de la race de son ennemi. Avec une astuce diabolique, il comprit que le seul système praticable était de dénoncer aux Français Ali-ben-Hassan comme un agent secret de l'Emir.

Oui, mais comment s'y prendre pour leur per-suader que le vaillant Ali, depuis si longtemps leur allié, les trahissait? C'était bien difficile.

Devant la haine, rien ne recule, rien ne répugne à

employer, et l'Arabe, fourbe et cauteleux de son naturel, trouve toujours un moyen d'arriver à ses fins, en application du proverbe : « la fin justifie les moyens. »

Ali Kodjia sollicita une audience secrète de l'E-mir ; elle lui fut accordée, et là, se jetant à ses genoux, il lui raconta la triste fin de sa fille Fathma.

— J'ai juré de me venger d'Ali, lui dit-il, et ne pouvant le rencontrer sur un champ de bataille, je veux te débarrasser de ton plus grand ennemi, de l'auteur de bien des désastres pour toi. Mais il faut que tu m'aides, et je te le jure, en échange de ce que je te demande, je ramènerai à toi les Beni-Amer et sans doute les Flittas.

— Eh bien ! parle, que veux-tu ?

— Il me faut une lettre de toi et adressée à Ben-Hassan ; je n e charge du reste.

Abd-el-Kader sourit; il avait compris le projet d'Ali-Kodjia.

— Soit, dit-il, je vais te la donner:

Et appelant son secrétaire Sidi-Mouloud-ben-Arrach, il lui dit d'écrire sous la dictée du vieillard.

La lettre suivante fut aussitôt faite; je la traduis textuellement.

» Louange à Dieu et à son prophète

» De notre camp de la Maloüïa, ce jour vingtième de la 10e lune de l'an 1213 de l'hégire (11 septembre 1844).

» A notre bien-aimé Ali-ben-Hassan, Kaïd de la grande tribu des Beni-Amer, que Dieu t'ait en sa sainte garde.

» Tu as bien su t'attirer la sympathie des Français jusqu'à ce jour, et tu as exécuté mes instructions à la lettre. L'heure est venue d'accomplir ta parole et de tenir tes promesses. Le sultan du Maroc va jeter une armée sur l'Algérie pour nous venir en

aide, et ces chiens maudits seront précipités à la mer.
Arme donc les Beni-Amer, et aussitôt que tu auras
reçu un second message, viens me rejoindre à mon
camp avec tes cavaliers.

» Je te salue

» Sidi-Hadji-Mahi-ed-din-Abd-el-Kader. »

— Maintenant, pose ton cachet sur cette lettre,
dit Ali-Kodjia, afin qu'elle paraisse bien authenti-
que.

L'Émir cacheta lui-même la lettre, et la remit
lui-même au scheïk, qui s'écria en triomphant.

— Désormais, tu peux compter sur moi.

Et il disparut en courant dans la direction de sa
tente.

CHAPITRE IX

CHAPITRE IX

ALI-KODJIA COMMENCE A SE VENGER

Quelques instants après, deux cavaliers partaient au galop, s'éloignant du camp de la Malouïa, et se dirigeant du côté d'Ouchda. Leur allure était inquiète ; on eût dit qu'ils allaient en éclaireurs, car ils regardaient çà et là ce qui se passait.

— Tu as bien compris mes recommandations, Ben-Abdallah, dit le plus âgé de ces hommes à son compagnon.

— Oui, Ali-Kodjia, et tes ordres seront remplis à la lettre, car moi aussi j'aimais Fathma, quoiqu'elle m'ait toujours dédaigné.

— Eh bien, mon fils, à toi mes troupeaux, mes tentes, mes chevaux, mes serviteurs et mes douros si tu réussis, car je suis près de la tombe et je n'ai plus personne à aimer sur la terre, dit le vieillard en essuyant une larme. Au moins je mourrai vengé.

— Sois tranquille, je me contiendrai et je saurai jouer mon rôle. Tu seras satisfait.

Les deux cavaliers étaient arrivés presque à nos avant-postes. Ils se séparèrent, Ali-Kodjia se dirigea sur la droite, et Ben-Abdallah poussa droit devant lui.

Il avait à peine fait un kilomètre, que la voix d'une sentinelle se fit entendre.

Au cri de « Qui vive! » prononcé par le soldat, le cavalier s'arrêta, et demanda à être introduit près de l'officier qui commandait.

C'était un capitaine : Il regarda l'Arabe qui entrait et demanda au soldat qui l'amenait ce que c'était que cet homme. Celui-ci répondit que c'était un cavalier qu'on venait d'arrêter.

— Qui es-tu et d'où viens-tu? demanda l'officier d'une voix brève et impérieuse.

Abdallah fit comprendre par gestes qu'il ne parlait pas français et demanda un interprète. Un secrétaire du bureau arabe qui se trouvait là lui posa alors des questions.

L'Arabe, sans se déconcerter, répondit avec insouciance.

— Depuis quand les Français arrêtent-ils leurs amis?

Il interrogeait au lieu de répondre.

— Mais enfin, qui es-tu, car nous ne te connaissons pas, reprit l'interprète. Nous voulons le savoir.

— Je suis l'ami et l'un des cavaliers les plus bra-

ves du ghoum de Sidi Ali-ben-Hassan, le Kaïd des
Beni-Amer, et il m'a envoyé en mission près du
scheïk Ali-Kodjia, qu'il espère détacher du parti
de l'Émir, et qui m'a en effet promis de solliciter
l'aman et de demander le burnous de soumission.

Un vieux maréchal-des-logis indigène des spahis,
qui se trouvait là, affirma qu'en effet il reconnais-
sait Abdallah pour le camarade d'enfance d'Ali-ben-
Hassan. Mais l'officier était soupçonneux et restait
indécis.

Le flegme de l'Arabe dérouta sa méfiance. Abdallah s'était gravement assis, avait tiré son tchibouck
des plis de son burnous et s'était mis à fumer.

Un officier d'état-major, instruit de cette affaire,
déclara qu'Ali-ben-Hassan était l'un de nos meilleurs
et plus sûrs Kaïds, et le capitaine dit à l'Arabe :

— Pars, et dis à Ali qu'il a de nombreux amis
ici; tu le vois et tu lui en rendras témoignage.

L'Arabe salua sans dire un mot et monta à cheval; mais si le capitaine l'eût observé alors, il eût
lu sur ses traits une expression de haine et de fanatisme qui aurait changé ses doutes en certitude.
Mais les avant-postes étaient franchis, et Abdallah
n'avait plus rien à craindre.

Il fit diligence, ne s'arrêtant que pour laisser reposer son cheval et manger un morceau de galette,
et le quatrième jour au soir, il arriva aux douars
des Beni-Amer. Il demanda à parler au Kaïd.

Lorsqu'il fut en sa présence, il s'inclina respectueusement.

— Sidi Ali-ben-Hassan, je viens m'asseoir à ton foyer. Reconnais-tu ton ancien ami Sidi-ben-Abdallah?

Le Kaïd lui tendit fraternellement la main, puis il lui demanda par quel hasard il se trouvait en ces lieux, et ce qu'il y venait faire.

— Te demander l'hospitalité, je te le répète, Ali. J'ai enfin compris qu'il était impossible de lutter contre l'intrépidité des Français, et que le plus sage parti était de se soumettre à eux. Je n'ai plus ni toit, ni troupeaux; je viens t'offrir mes services en souvenir de l'amitié qui nous a unis jadis. Veux-tu de moi pour l'un de tes cavaliers?

Pour toute réponse, Ali le pressa dans ses bras et l'assura de son amitié.

— Tu seras le premier après moi, dit-il; je te nommerai chef du goum en mon absence. Et maintenant, prenons le caouad pour remercier Allah de ton heureuse arrivée.

Ali frappa dans ses mains, et un de ses serviteurs apporta bientôt le café fumant, que les deux hommes burent ensemble; puis en attendant l'heure du repas, pendant que l'on préparait le kouskoussou et les pâtisseries, il emmena le nouveau venu dans le douar pour le lui faire visiter en détail, ensuite il le présenta à sa femme comme son meilleur ami, que cette malheureuse guerre avait trop longtemps

éloigné de lui. Nous ferons tout, ajouta-t-il, pour
te rendre ici la vie douce et facile.

Abdallah remercia.

La soirée se passa tranquillement, le repas auquel Ali avait invité tous ses amis fut gai et presque joyeux, contrairement à la gravité arabe, car
le vin commençait à circuler parmi les convives,
en dépit du Coran et par suite de l'exemple d'Ali,
et vers dix heures chacun se retira pour prendre du
repos.

Bientôt Ali s'endormit profondément, car Abdallah avait jeté adroitement quelques grains d'opium
dans son café. Lorsque celui-ci crut le moment
venu, il souleva avec la légèreté d'une panthère le
rideau de soie qui partageait la tente, glissa dans
le coussin qui servait de siège la lettre de l'Emir,
puis s'approchant de la jeune femme endormie,
versa dans la tasse qui contenait sa boisson favorite,
le contenu d'un flacon, et saisissant le fils d'Ali avec
délicatesse pour ne pas le réveiller, il sortit de la
tente.

Les chiens, qui l'avaient vu dans la journée, ne
poussèrent pas un aboiement, le croyant du douar.
Alors il sella son cheval, sauta dessus avec l'enfant
dans ses bras et vola sur la route d'Oran.

Le lendemain matin, Ali en s'éveillant fut tout
surpris d'avoir tant dormi et se sentit la tête lourde,
mais il attribua ce léger malaise aux libations peu
habituelles qu'il avait faites la veille. Il voulut ré-

veiller sa compagne; elle ne donnait plus signe de
vie. Epouvanté, il jette autour de lui un rapide
regard et aperçoit le berceau vide.

— Ma femme, mon fils, s'écria-t-il!... Oh! les
misérables!...

La douleur le rendait fou; mais heureusement
pour lui (car le *toubib* (1) de la tribu avait déclaré
qu'il n'y avait rien à faire) le docteur Rousseau, un
médecin d'Oran qui venait souvent le voir, arrivait
au même instant. Ali courut à lui, éperdu, ne
sachant que lui dire :

— Par pitié, sauvez-la.

Le docteur effrayé courut à la tente, tâta le pouls
de l'infortunée Angèle, et penché attentivement sur
elle, cherchait à reconnaître les causes de cette
mort subite. Un léger soupir lui apprit que la jeune
femme vivait encore, et un rapide examen que
c'était le poison qui l'avait mise dans cet état.

Avec un sang-froid professionnel sans égal, il
tira de sa trousse une lancette pour l'introduire
entre les dents, prit un flacon de contre-poison
qu'il avait toujours sur lui, et en fit avaler quelques
gouttes à la prétendue morte.

Bientôt, le teint de la jeune femme se colora sous
la réaction opérée par le cordial, ses yeux s'entr'ouvrirent, et le docteur se hâta de préparer une
potion calmante avec le peu de médicaments qu'il
avait à sa disposition.

(1) Médecin arabe.

Pendant cinq heures, il ne la quitta pas une minute, attendant l'effet de sa potion, puis il poussa
un soupir de satisfaction en déclarant que la malade
était hors de danger. Mais instruit par Ali de la
disparition de l'enfant, il lui ordonna de la cacher
à sa mère jusqu'à ce qu'elle fût rétablie.

Vers le soir, celle-ci demanda à voir son petit
Yousouf. C'était l'instant fatal.

Le docteur, qui était présent, lui déclara que son
fils était entre les mains d'une des femmes de la
tribu à laquelle il l'avait remis pour l'allaiter. Vous
avez besoin de repos, ajouta-t-il, calmez-vous, demain vous aurez votre fils.

Ali n'avait quitté le chevet de sa femme que lorsqu'il apprit qu'elle était sauvée.

Il sortit alors en donnant des ordres pour que l'on
se mît à la recherche de l'enfant. Nul doute, c'était
Abdallah qui l'avait enlevé et qui avait empoisonné
la mère. Sa disparition seule le faisait soupçonner,
et quel autre eût pu agir ainsi !

Mais les cavaliers envoyés à la poursuite du
misérable revinrent sans nouvelles, et Ali ne pouvant contenir son désespoir se mit à pleurer amè-
rement.

Angèle, s'était levée à cette triste nouvelle et
jetait des cris à fendre l'âme la plus insensible.

Tout le douar fut en deuil ce jour-là et les sui-
vants.

Ali venait de se décider à aller lui-même à la

8.

poursuite du ravisseur, mais il fallait une permis-
sion du général pour quitter sa tribu. Il était prêt
à monter à cheval pour aller la solliciter à Oran
lorsque le bruit d'une trompette le fit tressaillir.
C'était un escadron de chasseurs d'Afrique qui
venait chez les Beni-Amer.

— Que signifie cela, dit Ali.

Il s'avança au-devant des cavaliers pour les recevoir avec l'étiquette voulue par la politesse arabe,
mais l'officier qui commandait le détachement, fit
un pas vers lui et lui dit avec sécheresse :

— Kaïd, au nom du général, vous êtes mon prisonnier.

— Votre... pri...sonnnier, bégaya le malheureux Ali, frappé dans son amour de père, dans sa
tendresse d'époux et jusque dans son honneur...
capitaine, qu'est-ce que cela veut dire?...

— Vous vous expliquerez avec le général, je n'en
sais pas plus que vous. Ma mission est de vous
arrêter, et je remplis mon devoir.

Ali ne sut que répondre, et se constitua prison
nier, bien persuadé que c'était une méprise.

Mais quel fut son étonnement, lorsqu'il vit le
capitaine, son lieutenant et un sous-officier, examiner les meubles, les tiroirs, les tapis. Enfin, ils
s'arrêtèrent à un coussin brodé en soie par la
pauvre Angèle. et après l'avoir décousu, ils en
tirèrent la lettre que nous savons, aux armes de
l'Emir.

Ali bondit de rage, car il se voyait la victime d'une trame infernale.

— Oh! je suis innocent, dit-il, à ceux qui l'entouraient, et cette lettre, je n'en avais même pas connaissance.

— C'est ce que l'on verra, dit froidement le capitaine. Maintenant, à cheval, Kaïd, je ne veux pas vous faire l'injure de vous enchaîner, quoique ce soient mes ordres. Je me contenterai de votre parole.

— Faites votre devoir, capitaine, je me soumets, mais je proteste; et, jusqu'au dernier moment, — j'en jure sur la tête de ma femme, sur ce que j'ai de plus cher au monde, — je protesterai de mon innocence.

Angèle ne voulut pas abandonner son mari. Soutenue par un courage surhumain, qu'elle puisait dans sa foi, la jeune femme, que frappaient en même temps la disparition de son enfant et l'arrestation d'Ali, offrit à Dieu ses douleurs, et demanda avec instance, la faveur d'accompagner son époux.

Il eut été impossible de la lui refuser, tant elle était calme et digne dans sa douleur, et elle fut autorisée à faire harnacher son cheval.

Un instant après, les chasseurs d'Afrique partaient au trot.

Ali ne disait pas un mot, et songeait que sa vie entière, ses longues années de dévouement à la France allaient se trouver compromises par l'accusation qui pesait sur lui. Il se crut perdu et regardant sa femme :

— Angèle, s'écria-t-il seulement, tu me connais, me crois-tu coupable?

— Moi, dit la jeune femme, je te sais innocent, et j'en ai la conviction, je te sauverai, je le jure devant Dieu, où je mourrai avec toi.

Il est aisé de comprendre qu'Abdallah s'était rendu directement chez le général qui commandait à Oran et lui avait déclaré qu'Ali-ben-Hassan entretenait des intelligences secrètes avec l'Emir, qu'en faisant une perquisition dans sa tente, on trouverait encore la lettre que celui-ci lui avait adressée et que lui Ben-Abdallah, ami des Français, accourait pour *prévenir le général d'un prochaine insurrection* des Beni-Amer, dont l'âme serait leur Kaïd.

Le général ne crut pas d'abord cette dénonciation, car Ali était généralement estimé, mais après mûre réflexion, il résolut de s'en rendre compte, se disant que si elle était vraie, ce serait une grande faute de ne pas en profiter, et voilà pourquoi il expédia sur le champ un escadron de chasseurs chez les Beni-Amer pour procéder à cette arrestation.

Les preuves étaient accablantes, on le voit.

Dès son arrivée à Oran, le Kaïd fut conduit au Château-Neuf, et mis en prison pour passer au

L'arabe tenait une petite médaille en argent (page 221)

conseil de guerre après plus ample instruction de
cette affaire.

Angèle ne quitta son époux que sur le seuil du
Château-Neuf; et, avant même d'aller chez son père,
elle courut se jeter aux genoux du général, pour
implorer la liberté de celui qui lui était si cher. Le
général refusa de l'entendre malgré ses pleurs.

Elle se rendit chez Yousouf, il était encore absent;
personne ne se trouvait là pour plaider la cause de
l'infortuné Ben-Hassan, et la malheureuse femme
éperdue, rentra chez son père, défaillante et succombant sous le poids de son malheur, ne sachant
plus que faire pour tirer d'affaire celui qu'elle
aimait tant.

Son père, sa sœur l'entourèrent aussitôt et elle
leur apprit en pleurant ce qui venait de lui arriver :
— Il est innocent dit-elle, je ne sais comment le
leur prouver, mais Dieu m'inspirera et je réus-
sirai.

Pendant qu'Ali était conduit à Oran, un Arabe en
sortait, se dirigeant du côté du désert. C'était Ben-
Abdallah.

L'enfant avait été mis entre les mains d'une
vieille mouquère arabe pour en faire un bon musulman.

— Nous verrons, se disait-il, ce que va décider
Ali-Kodjia, car maintenant ma mission est à moitié
terminée; allons le rejoindre.

Et il se dirigea du côté des Beni-Amer, où il

savait qu'il retrouverait le vieux scheik occupé à prêcher la guerre sainte.

Celui-ci était en effet arrivé dans le douar le soir même de l'arrestation d'Ali et sa joie avait été grande en apprenant tous les détails de cette affaire, mais bien diminuée quand il sut que la Française n'était pas morte.

— Bah! se dit-il, Ali est perdu maintenant; l'enfant est entre nos mains, nous verrons plus tard. Fathma! sois contente, ma fille, ton père commence à te venger.

Nul n'est aussi peu communicatif et aussi habile à cacher ses impressions que l'Arabe. Ali-Kodjia sut donc si bien dissimuler la part qu'il avait prise à tous ces événements, qu'il passa pour un simple envoyé de l'Emir, et lorsque Ben-Abdallah fut de retour, tous deux se mirent à ranimer le zèle national des Beni-Amer, à leur faire entrevoir de secrètes espérances, et à arracher d'eux une promesse formelle de soulèvement.

Le nouveau Kaïd était justement Ismaël-ben-Thaleb et ne demandait pas mieux que de se soumettre à l'Emir. La révolte fut décidée, et il fut convenu que trois mille cavaliers se tiendraient prêts à partir dès qu'Ali-Kodjia en donnerait le signal.

CHAPITRE X

CHAPITRE X

LE CONSEIL DE GUERRE

L'officier qui avait été chargé d'instruire l'affaire du Kaïd des Beni-Amer était un capitaine de spahis, l'un des témoins de son mariage, et le meilleur ami qu'il pût avoir.

Lorsqu'il eut pris connaissance du dossier, il ne put en croire ses yeux. Ali-ben-Hassan coupable! lui, entretenir des correspondances avec l'Emir! mais c'est impossible. Ali a le cœur français, et ses intérêt même le poussent à nous servir. N'a-t-il pas bravé les préjugés de sa nation, foulé aux pieds ses amitiés, donné son sang dans vingt combats pour nous?... Non, je ne puis le croire, car c'est le cœur le plus loyal qui existe. Il y a là quelque méprise... Mais cette malheureuse lettre est une preuve, et une preuve des plus convaincantes. Elle porte le cachet de l'Emir et le nom d'Ali en toutes lettres. Que penser et que croire ?

Et le digne capitaine se promenait de long en large dans la salle de rapport du Château-Neuf demandant à la fumée de son cigare les inspirations qui ne lui venaient pas.

— Mille tonnerres! je ne sais plus que faire. Pourquoi diable suis-je le rapporteur du Conseil de guerre? Je me serais bien passé de cette triste besogne, car j'ai la conviction de son innocence et j'ai là sous les yeux une pièce qui me prouve sa culpabilité. Il n'aurait pu être fourbe à ce point... Enfin, je vais le voir, et peut-être, quand il m'aura parlé, trouverons-nous quelque indice pour nous mettre sur la voie de la vérité. Planton!...

Le soldat de service accourut à cet appel, et se tint respectueusement découvert devant son chef.

— Planton, vous allez courir à la prison, et vous m'amènerez ici, entendez-vous, le Kaïd des Beni-Amer.

— Bien, capitaine, l'ordre d'extradition?...

— C'est juste!... et surtout des égards envers lui, vous entendez bien; un seul homme avec vous et sans armes, c'est un chef vaillant et qui ne cherchera pas à s'échapper. Allez.

Le soldat salua militairement, alla prendre au poste un autre homme de garde, et tous deux se dirigèrent vers la prison, pour y chercher le prévenu qui leur fut aussitôt confié. Dix minutes après,

Ali était en présence du capitaine rapporteur qui lui fit signe de s'asseoir.

— Ah ça! dit enfin celui-ci, pourras-tu m'expliquer ce qui se passe et comment il se fait que je sois chargé de t'interroger comme coupable de trahison ?...

— Moi, traître à la France, pour qui j'ai déjà vingt fois donné mon sang, et pour qui je suis prêt à le verser encore! s'écria Ali. Vous ne le croyez pas, au moins, capitaine?...

Et l'accent avec lequel il prononça ces paroles était tel, que le digne officier fut convaincu de la loyauté du Kaïd, ce qui l'embarrassa encore davantage.

— Mais enfin, cette lettre! Ali, que signifie-t-elle et pourquoi l'a-t-on trouvée chez toi ?...

— Je suis victime d'une infâme machination, sans doute, dit tristement Ali, fataliste comme tous les musulmans. Ce qui est écrit est écrit.

— Explique-toi donc; je suis ton ami, tu le sais; tu as été mon compagnon d'armes et je voudrais te sauver. Parle, que peux-tu dire pour ta défense.

Ali raconta alors un capitaine l'arrivée de Ben-Abdallah chez les Beni-Amer, et lui fit part de l'empoisonnement de sa femme et de l'enlèvement de son enfant.

— C'est triste, dit le capitaine. Il y a pour sûr quelque mystère là-dessous et je ferai tout ce qui dépendra de moi pour le découvrir. Pour moi, tu es innocent, je n'en doute pas; pour les juges, tu seras coupable! si je ne trouve pas une preuve matérielle de ton innocence. Va, espère et aie confiance, tout ce qu'il me sera possible de faire pour toi, je le ferai.

Il serra la main d'Ali et le fit reconduire en prison, puis il se rendit directement chez le colonel, président du conseil de guerre.

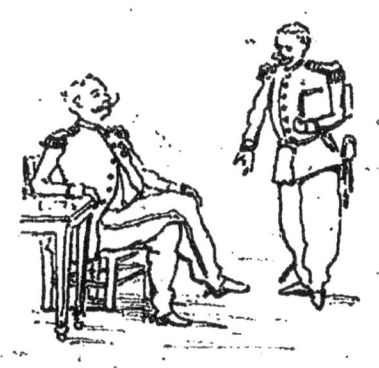

— Celui-ci, tout surpris, lui ayant demandé le motif de sa visite.

— Mon colonel, répondit le capitaine, je viens vous prier de chercher un autre rapporteur.

— Un autre rapporteur ? et pour quel motif?

— Parce que je suis moralement convaincu de l'innocence du Kaïd Ali; je dis plus, parce que j'en suis certain, et que je regarderais sa condamnation comme un crime.

— Mais, cette lettre, dit le colonel.

— Cette lettre ! cette lettre !... Voilà ce que je ne puis m'expliquer, ni vous expliquer. Il y a un mystère là-dessous. On ne se trompe pas avec la physionomie d'un homme tel qu'Ali. Et vous en conviendrez vous-même quand vous l'aurez vu.

Au même instant, le sapeur du colonel entrait et lui disait qu'une jeune dame et un vieux monsieur demandaient à lui parler sur le champ pour affaires urgentes. Ils n'ont pas voulu dire leur nom, ajouta-t-il, mais ce sont des personnes appartenant aux notabilités de la ville, j'en suis sûr.

— Faites entrer, dit le colonel.

Le capitaine allait se retirer discrètement, lorsqu'il reconnut dans les nouveaux venus M. Martin et la femme du Kaïd. Celle-ci qui le connaissait et qui savait qu'elle trouverait en lui un auxiliaire, lui fit signe de rester. Il comprit ce geste et resta debout, près du bureau de son chef qui demanda aux visiteurs qui ils étaient et en quoi il pouvait leur être utile.

Angèle, rejetant alors son voile en arrière, s'approcha de lui. Elle était tout habillée de noir et ses yeux rouges et gonflés encore par les pleurs qu'elle avait versés attestaient sa douleur. Elle fut sur le point de s'évanouir, mais son courage reprit bientôt le dessus.

— Colonel, dit-elle lentement en le fixant, je suis la femme du Kaïd des Beni-Amer, et je viens non pas vous supplier d'accorder la grâce de mon

mari, mais vous demander justice à son égard.
Je ne sais quel crime on lui impute, mais devant
Dieu qui m'entend j'affirme son innocence. Depuis
huit jours le malh ur s'est abattu sur nous. On a
voulu m'enpoisonner : j'en prends le docteur Rousseau à témoin. On nous a enlevé notre enfant, et
mon époux est en prison. Il y a là quelque machination infernale, et j'en appelle à votre sagacité !

Angèle raconta alors au colonel ce que savait
déjà le capitaine, et celui-ci déclara que la déposi-
tion d'Ali était identique en tous points.

Le colonel ne savait que répondre, le doute envahissait son âme, mais il ne pouvait comprendre
l'existence de la lettre.

— C'est une affaire bien embrouillée, madame,
dit-il enfin, et tellement compl¹quée qu'il y a de
quoi en perdre tous les fils. Certes il y a là-de-
dans quelque intrigue, je le vois maintenant, et
toute ma sympathie vous est acquise, vous pouvez
en être assurée ; mais il ne m'appartient pas de
mettre votre mari en liberté. Ce serait au-dessus
de ma puissance. Je vais aller voir le général et
nous tâcherons d'arranger cette affaire. Du courage, madame, et j'espère que bientôt votre mari
vous sera rendu.

Angèle sortit de là, avec un peu d'espoir, et le
colonel de son côté alla chez le général, suivi du
capitaine rapporteur. Ils lui exposèrent paisible-
ment et en détail tout ce qu'ils venaient d'appren-

dre, concluant de là qu'Ali était innocent et demandant son élargissement immédiat.

Le général refusa.

— Je le voudrais, messieurs, dit-il, que cela me
serait impossible. La lettre trouvée chez le Kaïd
et que j'ai lue moi-même est conçue en de tels ter-
mes qu'elle ne laisse aucun doute sur sa culpabilité.
Je le sais bien, souvent les apparences sont trom-
peuses, mais ici le cas est formel. Les Arabes sont
tellement fourbes qu'on ne peut s'y fier. Il faut un
exemple sérieux, et le conseil de guerre seul pourra
trancher cette question. Il est donc inutile d'insis-
ter davantage, messieurs, et sous peu cette affaire
aura son dénouement.

Un grand bruit se fit entendre sur le palier du
vestibule, et l'on entendit une voix brève et impérieuse s'écrier :

— Ai-je besoin, d'être annoncé, moi, pour entrer
chez le général ? Laissez-moi passer.

Au même instant un homme d'une quarantaine
d'années portant le brillant uniforme de colonel des
spahis, et la croix d'officier de la légion d'honneur,
entra comme une bombe et saluant le général :

— Qu'apprends-je ? lui dit-il : Ali-ben-Hassan,
le Kaïd des Beni-Amer est arrêté !... Soupçonné
d'infidélité à la France !... Je viens me constituer
garant de sa loyauté et de son amitié pour les Français et Yousouf se connaît en hommes. Général, le
Kaïd ne peut rester plus longtemps prisonnier, ce

9

serait une injure mortelle à lui faire. Et vous allez m'accorder sa liberté.

— Tenez, Yousouf, le puis-je avec des préventions pareilles? et le général tendit au colonel la lettre de l'Emir.

La charge était accablante.

— Je n'en crois pas un mot de cette lettre, dit le vaillant spahis; dans tous les cas, on ne condamne pas quelqu'un sans l'entendre. Je suis l'ami d'Ali et je demande à le voir. Cette grâce me sera-t-elle refusée, général?

—Non certes, mon brave lion algérien, — car c'est ainsi que nos généraux appelaient Yousouf, — tu pourras le voir et lui annoncer que quoi qu'il arrive on aura toujours égard aux services qu'il nous a rendus.

— Et certes qu'il rendra encore, j'en réponds moi, dit Yousouf.

Le bruit du galop d'un cheval retentit alors sur le pavé de la cour et Yousouf qui se tenait près de la fenêtre aperçut un spahis couvert de sueur et de poussière qui tenait à la main un pli cacheté.

— Un courrier, dit-il, mon général.

Le sous-officier de planton ne tarda pas à l'introduire. L'Arabe, salua militairement, tendit sa dépêche et attendit. En la lisant, le général fronça le sourcil : puis quand il eut achevé il la fit passer à Yousouf, qui pâlit.

— Eh ! bien, maintenant, est-tu convaincu, mon

brave ? dit le général, et me réponds-tu toujours de
ton Ali ?

— Plus que jamais, mon général, ne voyez vous
pas que l'on a justement profité de son absence,
et choisi ce moment pour la rébellion ! Cette dépêche
nous apporte la nouvelle de la révolte des Beni-
Amer et des Garabas. Soit !... mais j'ai la certitude
que l'accusation qui pèse sur mon malheureux ami
n'est pas étrangère à la main qui occasionne le
soulèvement. Je dis plus, j'affirme qu'Ali est innocent. Tenez, général, laissez-moi partir avec deux
ou trois escadrons et quelques fantassins, je vous
jure qu'avant huit jours cette nouvelle révolte sera
apaisée et que j'aurai trouvé le dénouement de cette
affaire.

— Eh ! bien, pars mon brave Yousouf, j'atten-
drai huit jours avant de faire rassembler le conseil
de guerre qui doit juger Ali, et reviens à temps
si tu veux sauver sa tête.

Le général, une fois ses visiteurs partis se mit à
réfléchir. Il était soucieux, lui aussi, car il voyait
bien que cette affaire n'était pas naturelle. Il
donna des ordres pour que le Kaïd pût voir sa
femme et ses amis, et attendit tranquillement le
retour de Yousouf.

L'insurrection, nous l'avons vu, était prête à
éclater chez les Beni-Amer, grâce aux excitations et
au fanatisme de Ben-Abdallah et d'Ali-Kodjia. Les
armes étaient tenues en état, les munitions pré-

ɽarées en secret, et ils n'attendaient plus que le signal promis pour aller se joindre aux cavaliers de l'Emir.

Yousouf savait que pour réussir dans ces sortes d'expéditions, il faut de l'audace et surtout de la promptitude: tout le succès provient de là.

Après une visite au malheureux Kaïd, qui lui raconta ses malheurs, il ne douta plus une minute de son innocence, et eut la conviction que c'était Ben-Abdallah qui avait fait le coup; mais où le prendre? qu'était-il devenu?...

Cependant, non content des renseignements que lui avait donnés, Ali-ben-Hassan, il alla encore trouver le commandant de place qui avait reçu le dénonciateur, et acquit la preuve que son signalement se rapportait tout-à-fait à celui que le Kaïd en avait fait; de plus, ajoutait le commandant, il avait un enfant dans les bras.

— Plus de doute! se dit Yousouf, cet homme est un ennemi acharné d'Ali. Mais je le retrouverai, et il faudra bien qu'il parle... Pauvre ami!...

Le vaillant colonel sauta en selle, se rendit à la caserne, fit monter a cheval quatre escadrons de spahis et deux de chasseurs, prit en passant deux compagnies de chasseurs d'Orléans et s'élança au galop dans la direction des Beni-Amer. Lorsqu'il ne fut plus qu'à une courte distance des douars, il fit faire halte à sa troupe afin de surprendre les insurgés pendant la nuit et envoya deux hommes

en éclaireurs pour voir ce qui s'y passait. Les cavaliers envoyés déclarèrent que l'on se préparait à
la guerre sainte, mais que les Arabes ne se dou-
taient pas de la présence des spahis dans leur voisinage.

— Très bien, dit Yousouf. Maintenant reposons-
nous et à demain avant le jour.

Le lendemain en effet, à deux heures et au
moment où la lune se levait, les escadrons s'ébranlèrent, et ils arrivèrent en quelques instants aux
environs du douar qu'ils entourèrent d'un cordon
d'infanterie pendant que les cavaliers, sabre en main,
pénétraient au galop à travers les tentes, au son
strident des trompettes, au milieu des aboiements
des chiens, des clameurs des femmes, des cris des
enfants, des appels des guerriers. C'était une cohue
impossible à décrire.

Les Arabes qui voulurent essayer de se défendre
furent tués, mais au milieu de la mêlée, le plus
beau à voir c'était Yousouf brûlant de venger son
ami, et dont la lame était rouge de sang.

Soudain, il entend prononcer derrière lui le nom
de Ben-Abdallah. Il se retourne et reconnaît
l'homme dont lui ont parlé le Khaïd et le commandant de place.

— Enfin ! dit-il, Dieu est juste.

L'Arabe fuyait monté sur son cheval blanc comme
la neige.

— Rends-toi, lui crie-t-il :

— Jamais répond Ben-Abdallah en déchargeant
sur lui son pistolet.

Le colonel est manqué grâce à un écart de son
cheval; il met alors la pointe de son yatagan sur la
gorge de l'Arabe qui se recule, et un duel au sabre
recommence.

Mais Yousouf voulait la capture et non la mort
du misérable. Il appela à l'aide ses spahis qui
entourèrent l'Arabe, l'enlevèrent de son cheval et
le jetèrent dans un coin après l'avoir solidement
garotté.

Les Beni-Amer fuyaient de toutes parts et leurs
scheiks épouvantés vinrent demander à genoux
l'aman, que Yousouf refusa de leur accorder sans
l'autorisation du général. Et il se mit en route
avec une centaine de prisonniers, tous appartenant
aux premières familles de la tribu.

La révolte était éteinte désormais, car Ali-Kodjia,
l'âme du complot, avait trouvé la mort dans le combat, et Ben-Abdallah était prisonnier.

A leur arrivée, tous les Arabes furent envoyés
à la Kasbah! et par ordre supérieur Ben-Abdallah
fut isole des autres prisonniers. Yousouf se rendit
chez le général et lui annonça que les Beni-Amer
étaient soumis.

— J'amène, ajouta-t-il, le prétendu ami des
Français qui vous a donné avis de l'existence de la
lettre trouvée chez Ali. Il parlera, en présence de

la mort, soyez en sûr, et là nous aurons une preuve certaine de non culpabilité.

Sur les instances du colonel, le général fit amener Ben-Abdallah devant lui, et le reconnut à son tour pour l'homme qui lui avait dévoilé les connivences de l'Emir avec le Kaïd. Il l'engagea à dire la vérité en lui assurant qu'il aurait la vie sauve s'il parlait avec franchise, qu'autrement, pris les armes à la main, il allait être fusillé sur le champ. ·

L'Arabe garda un mutisme absolu, on ne put rien en tirer. Yousouf était désolé; il obtint cependant que Ben-Abdallah comparaîtrait au conseil de guerre comme témoin d'abord, comme accusé ensuite.

Le jour fatal arriva enfin.

Toute la classe aisée d'Oran, tout ce qu'il y avait en fait d'officiers, de propriétaires, de commerçants voulut assister aux débats du conseil de guerre. M. Martin était aimé et estimé de tous, et le Khaïd avait les sympathies générales. Aussi la grande salle du Château-Neuf était-elle trop petite pour contenir la foule qui s'y pressait.

Devant une longue table recouverte d'un tapis vert, et n'ayant pour tout ornement que le code de justice civile et le code militaire et quelques écritoires en plomb, sont assis les sept juges. Le général, faisant fonction de président-adjoint; à sa droite un colonel, un chef de bataillon, un capitaine; à sa gauche, un lieutenant-colonel, un commandant, un

lieutenant et un sous-lieutenant ; ce dernier faisant
fonction de greffier se tenait à l'extrémité de la
table, prêt à écrire les demandes et les réponses.

En face des juges, sur un banc et entre deux
officiers de spahis — car on n'avait pas voulu employer la garde pour cela, — le Kaïd était assis,
calme, digne et le front serein. Près de lui, un avocat appelé pour le défendre causait avec vivacité
avec un officier de zouaves. Sur des chaises enfin,
et dans l'enceinte même, on pouvait apercevoir
M. Martin et ses deux filles.

La séance commença par la lecture de l'acte d'accusation.

Le commissaire-rapporteur rappela tous les faits
et tonna contre la fourberie, l'hypocrisie des Ará-
bes.

» Peut-on compter sur leur bonne foi, messieurs ?
» dit-il enfin ; c'est impossible : une parole d'Arabe
» est un souffle emporté par le vent. Regardez cet
» homme, que l'on croyait si attaché à la France,
» que l'on avait investi d'une haute dignité ! S'est-
» il montré reconnaissant de cette faveur ? Non,
» messieurs ; pendant qu'on le croit occupé à sur-
» veiller ses coréligionnaires, à les maintenir dans
» le bon chemin, à veiller sur les intérêts français,
» que fait-il ? Il conspire, et cette lettre trouvée
» dans sa demeure en est l'éclatant témoignage.
» Ah ! c'est en vain qu'il chercherait à le nier :
» Ali-ben-Hassan est coupable, et toutes les charges

» s'élèvent contre lui. Traître au pays qu'il avait
» adopté, à la grande nation qui l'avait accuell:
» comme un de ses magistrats et de ses défenseurs,
» il doit être condamné. Il faut un exemple sévère,
» et je requiers contre lui, au nom de la loi, au
» nom de la justice, l'application de la peine capi-
» tale. »

L'auditoire gardait un religieux silence pendant
ce foudroyant réquisitoire ; tout le monde avait
l'air péniblement affecté et semblait implorer la
clémence.

L'avocat du kaïd se leva alors. C'était un tout
jeune homme, un débutant, mais dont le nom devait plus tard devenir célèbre. Avec calme, avec
éloquence, il réfuta l'acte d'accusation. Il mit à jour
toute la vie d'Ali-ben-Hassan depuis le combat de
la Sikak, le montrant toujours dévoué à la France,
toujours prêt à verser son sang pour elle ; il rappela
la dernière insurrection des Beni-Amer et le rôle
qu'il y avait joué, puis il s'écria avec l'accent de
la conviction et de la conscience satisfaite :

« Cet homme est innocent, messieurs, vous ne
» pouvez le condamner ; j'en appelle à votre sages-
» se, à vos lumières. Faites comparaître devant
» vous son accusateur, le ravisseur de son enfant,
» l'empoisonneur de sa femme, et vous jugerez
» après l'avoir entendu. Il y a là une fatale mépri-
» se. Que dis-je ? un crime abominable et qui crie
» vengeance. Ce n'est plus l'acquittement d'Ali que

9.

» je demande, ce serait insuffisant ; c'est la procla-
» mation de son innocence, la restitution de son
» honneur méconnu, la punition du misérable qui
» l'a fait traîner en prison, et qui est, lui, n'en
» doutons pas, l'agent de l'Emir, puisqu'il a été pris
» les armes à la main. Plus qu'un mot, messieurs !
» et vous allez me comprendre. Ali-ben-Hassan,
» dévoué à nos intérêts était un obstacle pour la
» révolte ; il fallait le supprimer, et l'on a imaginé
» cette machination pour s'en débarrasser. La main
» sur ma conscience, j'en appelle aux vôtres, mes-
» sieurs, et ma voix vous crie : Ali doit sortir d'ici
» la tête haute, absous, et son accusateur doit être
» puni à sa place. »

Le président fit un signe et deux zouaves en
armes allèrent chercher Sidi Ben-Abdallah.

A sa vue, un murmure instinctif de réprobation
s'éleva. L'interprète l'interrogea. Il refusa de répondre et se contenta de lancer sur Ali des regards
de haine et de vengeance satisfaite, ce qui augmenta l'intérêt que l'on avait pour ce dernier

Lorsqu'on demanda au Kaïd s'il avait quelque
chose à dire pour sa défense, il répondit simple-
ment :

— Je n'ai qu'à exposer ce que j'ai fait jusqu'à ce
jour. Français de cœur, puis-je trahir mon pays
d'adoption ?... Je le prouverai encore si je suis
acquitté.

Et il se rassit.

Cette courte défense produisit le meilleur effet. Yousouf et plusieurs officiers vinrent lui serrer la main. Bientôt l'enthousiasme devint général et cent voix s'écrièrent : Il n'est pas coupable.

Les juges, ébranlés par l'air calme et loyal du Kaïd, se retirèrent pour délibérer, et rentrèrent bientôt.

Le général se leva, et un religieux silence succéda aux murmures que l'on entendait un instant auparavant. Il prononça d'une voix grave les paroles suivantes :

« Ouïs les membres du Conseil de guerre chargés
» de l'affaire, et à la majorité unanime de sept voix
» sur sept, le président dudit Conseil de guerre
» prononce l'acquittement du prévenu Ali-ben-
» Hassan, Kaïd des Beni-Amer, le confirme dans
» son titre, et le remercie des services qu'il a ren-
» dus à la France jusqu'à ce jour, l'engageant
» de plus à oublier cette fatale erreur. Le même
» Conseil ordonne la mise en accusation im-
» médiate de l'Arabe Sidi Ben-Abdallah comme
» faux témoin, rebelle et pris en révolte ouverte, les
» armes à la main, sur le territoire des Beni-Amer.»

Des applaudissements éclatèrent dans toute la salle au prononcé de ce jugement.

Ali, libre désormais, alla se jeter dans les bras de sa femme et de Yousouf, puis il alla serrer les mains de tous les officiers, le général à leur tête, qui s'approchaient de lui pour le féliciter.

Cet instant lui donna un mouvement de satisfaction et d'orgueil ; mais il soupira, car il pensait à son fils.

Le soir, un banquet réunissant tous les officiers de la garnison, eut lieu, présidé par le général, et ce fut le Kaïd qui en eut tous les honneurs.

CHAPITRE XI

CHAPITRE XI

LE DOIGT DE DIEU

Ali était retourné à son oouar et avait repris sa vie habituelle ; mais une sombre tristesse l'envahissait sans cesse. Il ne pouvait oublier son fils, ce fils qu'il aimait tant.

C'est en vain qu'il avait essayé de savoir ce qu'il était devenu. Ben-Abdallah avait refusé de parler et déclaré nettement que jamais le Kaïd n'en entendrait parler.

Condamné à mort avec deux ou trois des plus compromis dans la rébellion des Beni-Amer, il était allé au supplice sans avoir fait un seul aveu, et ne disant qu'une seule parole avant de mourir :

« Dites à Ben-Hassan que je meurs, mais que moi seul je sais où est son fils et ou'il ne le saura jamais. Fathma est vengée. »

Ces paroles, répétées à Ali, le mirent dans une

grande perplexité. Il se rappela la haine que la fille d'Ali-Kodjia avait pour sa femme, et crut que le coup venait d'elle.

De nombreux émissaires partirent à la recherche du père et de la fille et ne lui rapportèrent qu'une seule nouvelle : la mort de l'une et la disparition de l'autre ; car nul ne savait ce qu'était devenu le vieux scheik, et l'on n'a pas oublié qu'il avait été tué dans l'expédition de Yousouf chez les Beni-Amer.

Ali employa tous les moyens pour découvrir les les traces de cet enfant chéri ; mais ce fut en vain. Il ne put rien apprendre et sa tristesse s'en accrut.

Angèle, de son côté, ne retrouvait plus son gai sourire. Elle songeait sans cesse à son enfant perdu, mort peut-être et loin d'elle, et alors des larmes inondaient son visage ; elle priait et demandait à Dieu de le lui rendre. Mais le temps s'écoulait sans que rien de nouveau ne se découvrît.

Durant toutes les péripéties de ce drame, Abd-el-

Kader n'était pas resté inactif ; il s'agitait dans le Maroc et songea même un instant à la souveraineté de cet empire ; mais il dut y renoncer devant la jalousie de l'empereur, qui voulut enfin se défaire d'un hôte aussi dangereux, et le força à quitter ses états.

Alors l'Emir rentra en Algérie. Ses émissaires qui la parcouraient sans cesse, entretenaient le fanatisme des tribus et exaltaient les esprits ; mais ces menées ambitieuses, tout en soulevant les Arabes, amenèrent la perte d'Abd-el-Kader et de ses partisans, en lui créant pour rival un nouvel imposteur, sinon aussi habile, du moins aussi fanatique et aussi courageux.

Ce rival c'était le célèbre Bou-Maza.

Son véritable nom était Si Mohammed ben-Abdallah, et le sobriquet de Bou-Maza ne lui fut donné que parce qu'il partageait sa solitude et ses repas grossiers avec une chèvre qu'il avait dressée à des tours devant lesquels les Arabes s'extasiaient comme autant de miracles. Ce nom de Bou-Maza signifie donc en arabe : *l'Homme à la Chèvre*. Il vivait d'une façon fort édifiante, ne parlait jamais, priait et ne portait que des vêtements sordides, ce qui lui acquit chez les Kabyles une grande réputation de sainteté qui s'augmenta rapidement.

Puis, lorsqu'il crut le moment favorable arrivé, il se déclara hautement l'envoyé du Seigneur, se dit inspiré par Dieu et parla en son nom, et se nom-

ma lui-même sultan Mohammed-ben-Abd-Allah. Il
alla droit au douar du scheik El-Hadji-Hamed, l'appela d'un ton de commandement et lui dit :

— Je suis venu à toi parce que Dieu t'a choisi
pour faire à ta famille l'honneur d'assister à mon
départ. Envoyé d'Allah, je suis le grand des grands
par la volonté divine, et j'ai mission d'exterminer
tous les chrétiens, et nos faux frères, leurs serviteurs.

Hadji-Hamed se laissa étourdir par le langage
emphatique de Bou-Maza, et, tout en paraissant
étonné de ses méchants habits, il se mit, lui et les
siens à son service et convia au *sam* (1) qu'il donnait en son honneur, l'élite de sa tribu.

Les Arabes se rendirent en foule au festin, et
Bou-Maza put jouir de son premier triomphe en se
voyant entouré d'un grand cercle au centre duquel
il allait tirer vanité de son éloquence, déposer le
derbal (2) pour revêtir les riches vêtements du sultan.

Il parla avec véhémence, répandit l'anathème sur
les chrétiens et leurs lâches alliés, affirmant qu'il
était, lui, invulnérable, que les balles le fuyaient,
et que les plus zélés de ses compagnons jouiraient
de son privilège.

Il promit à ceux qui le suivraient le pillage d'Or-

(1) Fête où l'on mange.
(2) Burnous sale du derviche.

léansville, de Tenez et de tous les douars fidèles aux chrétiens :

« *Ceux-là qui sont musulmans irréprochables,* » dit-il, *seront invulnérables ; les félicités du* » *ciel attendent ceux qui, moins purs, ne joui-* » *raient pas de ce glorieux avantage ; enfin, les* » *richesses et les joies de ce monde seront le* » *partage de ceux qui survivront.* »

Je cite ce texte, parce qu'il signale mieux que tout commentaire, l'art de l'imposteur et la superstition de Kabyles. Ceux qui avaient assisté à cette prédication se retirèrent visités et vivifiés par l'Esprit saint.

La nouvelle de l'évènement vola de montagne en montagne, et l'on ne parla plus, sous la tente et dans·les *gourbis* (1), que de l'apparition du messager divin.

On répandit sur le compte du nouveau chef, les fables les plus merveilleuses. On disait qu'il était d'une beauté splendide, qu'une étoile scintillait à son front et qu'il faisait des miracles.

Des fous attestèrent par serment qu'ils avaient vu faire feu sur lui, et que la balle du fusil était respectueusement tombée à ses pieds; qu'un autre avait déchargé un pistolet sur sa tête, et que la détonation avait été suivie d'un filet d'eau qui avait rafraîchi son front. Enfin les populations arabes

(1) Cabanes des montagnards.

accoururent sur son passage, pour le voir et l'entendre ; tout le Dahra se souleva et le salua du titre
de schérif et de sauveur.

Bientôt Bou-Maza se constitua une maison, des
secrétaires, un trésorier, des gardes et une véritable armée.

Son premier coup de main eut lieu sur le douar
du Kaïd des Sebhekas, l'hadji Bel-Kassem, l'un de
nos alliés. Surpris au point du jour par les cavaliers
de Bou-Maza, le douar fut mis à feu et à sang. La
razzia du schérif passa sur les tentes des Sebhekas
comme les tourbillons de vent sur les ravins de
l'Atlas. Tout fut pillé ou incendié, les femmes et
les enfants furent égorgés, les hommes massacrés.
Bel-Kassem et son fils furent livrés aux plus affreux
supplices, et la horde sanguinaire se retira gorgée
de butin et enivrée de son succès. Ces meurtres ne
restèrent pas longtemps impunis.

Ce qui constituait la force de Bou-Maza, c'est
qu'aux yeux de beaucoup d'Arabes, le rôle d'Abd·
el-Kader était fini et que la fortune avait prononcé
contre lui, car il était vaincu et Bou-Maza se donnait
pour son successeur.

Il obtint d'abord quelques succès sur des déta-
chements français isolés, mais il n'avait ni les talents ni les capacités de l'Émir, et il ne devait pas
longtemps soutenir le rôle qu'il avait adopté.

Battu par le colonel de Saint-Arnaud à Aïn-Mé-
ran, il se vit bientôt forcé de fuir de tribu en tribu,

essayant de soulever les fanatiques et crédules habitants du Sahara. C'est alors qu'eut lieu ce sombre épisode qui a été si diversement jugé et qui eut un si triste écho. Je veux parler de l'affaire dite des Grottes.

Une partie des populations rebelles des Ouled-Riah avait cherché un refuge dans des grottes profondes et inexpugnables. On leur fit diverses sommations pour les obliger à se soumettre, en leur promettant la vie sauve. Non seulement elles repoussèrent nos propositions, mais elles accueillirent nos parlementaires à coups de fusil.

Alors pour les forcer à quitter leur retraite, on jeta des fascines enflammées à l'entrée des grottes, et tout ce qui s'y trouvait fut étouffé.

Près de 600 Arabes périrent dans cette journée, et si le brave Péliss'er en fut blâmé, c'était à tort : cette mesure était nécessaire pour épouvanter les Arabes et mettre fin à la résistance du Dahra.

Pendant trois mois, le colonel Saint-Arnaud d'un côté, Pélissier d'un autre, firent une guerre acharnée à Bou-Maza et à ses bandes, conjointement avec le général Bourjolly.

Le schérif errait toujours tantôt d'un côté, tantôt d'un autre, essayant de continuer son rôle politique, faisant annoncer sa mort aujourd'hui, reparaissant demain, soulevant tour à tour les Flittas, les Oued-Riah, les Oued-Salah, les Oued-Sbeah.

La mort de son khalifa Mohammed-Ben-Aïssa,

l'ancien chef des cavaliers rouges de l'Émir, qui avait une grande influence dans les tribus, vint enfin mettre un terme à la sienne. Il n'éprouva plus que défaites sur défaites et disparut bientôt du côté de Constantine.

Abd-el-Kader, qui attendait patiemment dans les sables du Sahara l'occasion de reparaître sur la scène que son génie a illustrée, ne tarda pas à faire son apparition dans le Tell, et releva l'étendard de l'insurrection, que l'on croyait éteinte pour toujours avec lui.

Le 21 septembre, un chef indigène, Muley-Scheik, qui jusqu'alors s'était montré très dévoué à la France, vint prévenir le lieutenant-colonel de Montagnac, commandant du camp de Djemmâh Gazhouat, près de la frontière du Maroc, que deux cents hommes commandés par l'Émir allaient venir pour enlever un douar voisin. M. de Montagnac partit avec 3 compagnies du 8ᵉ bataillon de chasseurs et 60 hussards du 2ᵉ régiment, commandés par le chef d'escadron Courby de Cagnord.

Le 22 au matin, cette petite colonne fut enveloppée par des forces dix fois supérieures qui l'assaillirent avec fureur. Tous les officiers furent tués, blessés ou faits prisonniers après une résistance acharnée, et 450 hommes furent massacrés sans pitié.

Quatre-vingts hommes avaient été laissés au marabout de Sidi-Ibrahim; ils s'y retranchèrent, et après avoir tenu tête à l'ennemi pendant deux jours, le capitaine de Géraux, qui les commandait, résolut de se faire jour à travers l'ennemi. Il fut tué, et 14 seulement de ses hommes parvinrent à regagner le camp, encore quatre d'entre eux moururent-ils de leurs blessures.

Après ce succès, Abd-el-Kader fit irruption vers l'Est pour passer la Tafna, et se dirigea sur Oran, entraînant toutes les tribus sur son passage.

Voyant ces progrès, le général Lamoricière résolut de les arrêter, et se joignit au général Cavaignac; il atteignit l'ennemi dans les montagnes des Trarzas, pour venger le guet-à-pens de Sidi-Ibrahim.

Abd-el-Kader évita le combat et s'enfuit au-delà de la frontière, ne se sentant pas de force à lutter.

Mais cette fuite n'était qu'une ruse. Traversant de nouveau la Tafna et l'Oued-Mouïlha, il passa entre Tlemcen et Lalla-Magrinia en prenant la direction de Sidi-Bel-Abbès et Mascara.

Il fallut lui abandonner toute la partie excentrique de la province d'Oran et nous borner à maintenir dans le devoir la partie comprise entre Oran et Mostaganem, ainsi que celle du Chélif, d'Orléansville à Milianah.

Ali ne resta pas inactif en cette occasion, il avait à cœur de se venger des soupçons qu'on avait pu avoir contre lui. Toujours à cheval, à la tête de son goum, il était de toutes les marches, de toutes les razzias, et de tous les combats.

Yousouf, qui venait de passer général, l'estimait

de plus en plus et recherchait sa présence. Saint-
Arnaud, Pélissier et tous nos officiers supérieurs
l'avaient pris en véritable affection, et un jour une
grande satisfaction qui jeta un instant de plaisir sur
son deuil, lui fut accordée. Il reçut des mains de
Pélissier la croix de la Légion d'honneur, qu'il avait
certes bien gagnée, mais cette satisfaction ne le con-
sola pas. Il pensait toujours au pauvre enfant enlevé
et qu'il aimait tant.

Bientôt Yousouf et Saint-Arnaud forcèrent l'Émir
à rentrer dans le désert, mais il en sortit bientôt
pour envahir le territoire de Tittery, d'où il voulait
envahir la province d'Alger.

Arrêté dans sa marche par le maréchal Bugeaud,
sur le territoire des Ouled-Maïls, où il s'était réfugié, il remonta vers le Nord-Ouest, du côté de Sétif,
et tournant le Djebel-Dira, il traversa la plaine
d'Hamya et vint s'établir près de Dellys, chez les
Flittas, d'où il menaçait de franchir l'Isser et de se
répandre avec les rebelles dans la Mitidja.

Ben-Salem l'attendait là avec tous les contingents
de la Kabylie, mais il fut surpris le 16 février 1846
par le général Gentil, qui lui fit éprouver de grandes pertes et se plaça entre lui et l'Emir, tout en
opérant sa jonction avec la colonne du maréchal.

Les Flittas insoumis furent sévèrement réprimés,
mais Abd-el-Kader échappa encore. Seulement, les
rôles étaient changés. Au lieu de prendre l'offen-
sive, il dut se tenir sur la défensive; nos cavaliers

parcoururent tout le Sud-Oranais, soumettant le
Tell et toutes les tribus révoltées, et l'Emir se rabat-
tit encore une fois sur la frontière marocaine, où
sa déïra était toujours campée près de la Maloüïa.

Ce fut la fin de l'insurrection de 1845-1816, et
l'Algérie parut plus calme pendant quelques mois,
et respira un instant après tant de désolation et de
désastres.

Ali, profitant de ces instants de répit, se mit plus
que jamais à la recherche de son fils.

Un soir qu'il revenait d'Oran avec sa femme et
un seul cavalier pour toute suite, il fut surpris par
une de ces averses qui sont si fréquentes en Algérie
et qui ressemblent à de véritables tempêtes, dont
on ne peut se faire une idée en France. Ils étaient
loin de toute habitation, et le temps mauvais semblait devoir durer toute la nuit.

A quelque distance au milieu de la plaine, Ali

10

aperçut un misérable gourbi, qui malgré son peu
d'apparence, pouvait au moins leur offrir un abri
momentané. Nos cavaliers, trempés jusqu'aux os,
se dirigèrent de ce côté, et personne ne s'étant présenté à leur approche, ils entrèrent dans la pauvre
et chétive cabane. Elle était sombre, et le sol trempé
par la pluie ressemblait à un cloaque. Mais c'était
du moins un peu plus sec que sous l'averse qui inon-
dait la plaine.

Il n'y avait là d'autres habitants que trois personnes, une vieille femme étendue sur une natte en
alpha et qui se lamentait en proie à de terribles
souffrances : La fièvre la minait. Accroupi au coin
d'un feu de broussailles qui donnait plus de fumée
que de chaleur, se tenait un vieil Arabe, et enfin
dans un coin, sale, plein de boue et à demi-nu, un
enfant de trois ou quatre ans environ.

A la vue des voyageurs qui arrivaient si brusquement, le vieil Arabe se leva pour satisfaire aux formules de la politesse arabe, et après être sorti pour
attacher les chevaux ruisselants de pluie et qui hen-
nissaient de colère, il rapporta une brassée de bran-
ches sèches de palmier qu'il jeta dans le feu et dont
la bienfaisante influence se fit bientôt sentir; puis
présentant à ses hôtes inconnus quelques galettes
et un restant de couscoussou :

— C'est tout ce que je puis vous offrir, leur dit-
il; excusez ma pauvreté, mais vous êtes les bienve-
nus dans mon gourbi, et vous pouvez vous y reposer

et y demeurer tant que vous le jugerez à propos ; vous êtes chez vous.

Ali et sa femme remercièrent le vieil Arabe, et après avoir satisfait légèrement leur appétit, ils se mirent à le questionner, et à lui demander s'ils ne pourraient rien faire pour lui.

— Ma femme est mourante, dit-il, et moi je ne suis guère bien portant. Je ne possède rien au monde que mon travail, et depuis plusieurs jours je n'ai pu me lever qu'aujourd'hui. Ah ! le malheur est entré chez moi, depuis le jour où cet enfant maudit y est venu, continua-t-il en désignant le petit être qui jouait par terre avec la boue.

— Cet enfant n'est donc pas à vous, dit Ali avec intérêt et en appelant le petit garçon qui, tout honteux, n'osait s'approcher et se contentait d'examiner le brillant costume du Kaïd, mais qui enfin se rapprocha peu à peu, et qu'Angèle se mit aussitôt à combler de caresses empressées.

— Non, dit le vieillard. C'est une histoire que je puis bien vous dire si elle ne vous ennuie pas, pour faire passer le temps pendant que la pluie tombe.

— Volontiers, s'écrièrent à la fois Ali et sa femme.

— Eh bien, dit l'Arabe en s'accroupissant en face du Kaïd, il y a un peu plus d'un an et demi, je ne me rappelle pas au juste la date, j'étais à travailler à mon champ, et ma femme pétrissait la pâte pour faire le couscoussou, lorsqu'un cavalier monté sur un beau cheval blanc et vêtu à la mode du désert, vint

au galop jusqu'à moi. Il sauta à bas de son cheval
et me frappant sur l'épaule, me dit avec vivacité.

— Comment t'appelles-tu?

— Hassan-Achmet-ben-Mustapha, lui répon-
dis-je.

— Eh bien Hassan, veux-tu gagner une pleine
bourse de douros?

— Comment donc, si c'est possible, je ne demande
pas mieux, mais que faut-il faire pour cela?

— Rien que de bien facile. Je pars pour un long
voyage, et de plus je suis proscrit. Fidèle enfant du
prophète, je vais rejoindre l'Emir au désert pour
défendre notre sainte religion et combattre les infidèles. Mais j'ai un fils que je ne puis emporter dans
ma fuite et qui m'occasionnerait mille dangers. Cet
enfant veux-tu l'élever et en être le père jusqu'à ce
que je vienne te le redemander?...

— Je réfléchis un instant. C'était une charge,
et une lourde tâche à remplir, mais les douros me
tentaient et j'étais pauvre, j'acceptai.

— Et depuis cette époque, dit Ali palpitant d'é-
motion, depuis lors as-tu eu des nouvelles de cet
homme; t'a-t-il fait parvenir quelque message, ou
tout au moins quelque secours?...

— Rien! dit le vieillard, et j'ai su depuis que
son père, prisonnier des Français dans les douars
des Beni-Amer, avait été fusillé par eux, car je l'ai
vu tomber sous leurs balles à Oran.

Angèle avait pâli d'abord, puis tout-à-coup, l'é-

motion la suffoquant elle s'évanouit et le Kaïd
s'empressa de lui porter secours. Quand elle revint
à elle, ses yeux exprimaient la joie et le bonheur.

— C'est lui, dit elle à son mari. C'est lui notre Yousouf adoré, n'est-ce pas que c'est lui ?...

Ali dit alors au vieillard :

— Lorsque l'on t'a remis cet enfant, ne portait-
il sur lui aucun signe, aucune marque qui put le
faire reconnaître?...

— Une seule, dit l'Arabe. Il avait autour du cou,
une de ces médailles comme en portent les roumis,
attachée par un cordon de soie bleue.

— Oh! fais la voir s'écria Angèle frémissante
d'émotion et qui, par un secret instinct maternel,
serrait l'enfant entre ses bras, fais la voir et je te
bénirai.

L'Arabe fouilla dans un vieux coffre en chêne et
ne tarda pas à revenir tenant dans ses mains, une
petite médaille en argent, représentant Notre-Dame
de Délivrance.

A cette vue, Angèle poussa un cri de joie et cou-
vrit de ses baisers l'enfant étonné et surpris de
cette scène et de ces caresses qu'il ne pouvait comprendre.

Ali, lui, était calme, mais sa physionomie rayon-
nait aussi de bonheur.

— Hassan, s'écria-t-il enfin, tu disais que cet
enfant t'avait porté malheur. Moi je te dis au contraire qu'il a causé ton bonheur. Je suis le Kaïd

des Beni-Amer, Ali-ben-Hassan, et cet enfant que je cherchais en vain depuis de longs mois est le mien. Cette médaille vient de sa mère que voilà. Et pour te convaincre de la vérité de mes paroles, je vais te dépeindre l'homme qui t'a remis mon fils qu'il m'avait lâchement enlevé dans mon douar.

Ali se mit alors à dépeindre à l'Arabe le signalement de Ben-Abdallah avec de tels détails que le doute eût été impossible pour celui-ci, quand même il l'eût voulu.

— Puisque grâce à cet orage, je suis venu chez toi, et que grâce à toi, mon désir le plus cher, celui de retrouver mon fils a été accompli, dès aujourd'hui je veux que la misère fuie loin de toi. Que tu restes ici ou que tu viennes dans mon douar, je mettrai ta vieillesse à l'abri du besoin. En attendant voici de l'or pour pourvoir à tes premières nécessités.

Et Ali, à son tour, se mit à jouer avec les boucles noires de la chevelure de l'enfant. Angèle qui venait de faire à Dieu une fervente prière en actions de grâce de cet heureux dénouement dit à son époux :

— Le doigt de Dieu n'est-il pas là ?...

— Oui, dit Ali, je le reconnais, et je tiendrai ma parole.

Et se penchant à l'oreille de sa femme, il murmura tout bas:

Dès aujourd'hui, je suis chrétien : Ne lui dois-je
pas cela ?

CHAPITRE XI

CHAPITRE XI

L'année 1817 était destinée à assurer notre œuvre de conquête et de civilisation, si hardiment entreprise, si énergiquement conduite par notre armée d'Afrique, à travers la bonne et la mauvaise fortune.

Quelques combats furent encore nécessaires pour assurer ce résultat si longtemps attendu.

Le 10 janvier, le général Herbillon battait les Ouled-Djellal, chez lesquels se trouvait peu de jours avant Bou-Maza.

D'un autre côté le général Marey-Monge, tombait sur les Ouled-Naïls qui avaient reçu le schérif et lui avaient fourni des contingents et des secours en nature.

Peu de temps après Bou-Maza, était poursuivi entre Teniet-el-Haad et Tiaret; son escorte était

dispersée et son trésor enlevé. Cet échec le poussa
à un parti extrême.

Le fameux schérif, rival d'Abd-el-Kader, qui
s'intitulait hautement le défenseur de la foi, et
avait été l'un des plus ardents promoteurs de la
révolte de 1845 et que l'Emir lui-même redoutait,
se rendit au colonel de St-Arnaud le 13 avril et
fut dirigé par les soins du gouverneur général sur
Paris qui lui fut donné pour séjour : Les habitants purent contempler à leur aise, le chef fameux
qui avait tant fait parler de lui. En 1848, il chercha
à quitter la France et fut arrêté à Brest, au moment
où il allait s'embarquer. Il fut enfermé au fort du
Ham, mais rendu à la liberté, et interné dans une
ville de France. Son nom légendaire à cette époque
est presqu'oublié aujourd'hui.

A la même époque, le plus célèbre Khalifa d'Abd-
el-Kader, si Ahmed-ben-Thaïeb, l'ancien chef des
Flittas, dont l'ardeur infatigable nous avait coûté
tant de peines et tant de combats, fit aussi sa soumission, comprenant qu'il ne pouvait lutter plus
longtemps. Il se rendit au poste de Sour-el-Gohzlan
le 27 février et reçut solennellement le burnous de
soumission. Ali assistait à sa réception et les deux
anciens amis, si longtemps ennemis par leurs opi-
nions, se trouvèrent encore une fois liés par les
mêmes serments et sous le même drapeau.

Ben-Salem était le chef le plus influent de toute
la Kabylie et sa défection privait l'Emir de ses par_

tisans les plus fidèles et de son lieutenant le plus
habile. Un autre chef Kabyle, Bel-Kassi, et tous les
scheiks de la vallée de Sébaou suivirent son exemple.

Ces heureux événements portèrent le dernier coup
à l'Emir dans la province d'Alger.

Mais il restait encore à soumettre toute la grande
Kabylie restée indépendante et à vingt lieues à peine
de la capitale de l'Algérie. Le maréchal le comprit
et prit la décision d'en finir avec ces intrépides et
fanatiques montagnards. Le moment était venu de
terminer cette guerre interminable par un hardi
coup de main qui portât l'épouvante chez eux et les
forçât à reconnaître l'autorité française.

Il fallait frapper le dernier rempart des tribus
insoumises et Bugeaud n'hésita pas.

Le 6 mai 1847, à la tête de 8800 hommes, le maréchal quitta brusquement Alger et se dirigea vers
la Grande Kabylie.

Deux colonnes parties de points différents parcoururent les montagnes, et enlevèrent de vive force
les positions qui tentèrent de se défendre ; le mois
n'était pas fini qu'après trois combats seulement, tout
le territoire compris dans le grand triangle formé
par Hamza, Sétif et Bougie était soumis et 55 tribus
avaient déposé les armes. Le 25, nos troupes cam-
paient sur la rive gauche de la Sumnam, devant
le territoire des Beni-Abbas, les plus fiers et les
plus insoumis des Kabyles, en vue d'Azrou, village
planté au flanc le plus escarpé de la montagne.

fortifié comme une citadelle et défendu par deux tours crénelées appelées les Cornes du Taureau.

Le soir, le maréchal visita lui-même les avant-postes. A minuit, il fit commencer l'attaque et dispersa les Beni-Abbas. Le 26 au point du jour l'armée traversa la Sumnan et se massa aux pieds des montagnes. L'assaut d'Azrou fut ordonné et les zouaves s'élancèrent à la baïonnette.

Soutenus par le reste de l'armée, ils montent, ils gravissent, ils escaladent ces pics réputés inaccessibles. Cet assaut, — fait d'armes splendide, — ils le soutiennent pendant 3 heures sous un soleil de 45 degrés.

Enfin les Cornes du Taureau sont démantelées, Azrou, le village sacré, est conquis; la Kabylie est domptée, et l'Algérie presque conquise.

Pendant cette opération principale, sept colonnes volantes se montraient dans le Ziban, l'Aurès, la Moudna, chez les Ouled-Naïl, dans le Djebel-Amour, et à Mascara et Tlemcen, chez les Garabas et les Ouled-Sidi-Cheik où partout les Arabes faisaient leur soumission et juraient obéissance.

Mais tout n'était pas fini pour l'Algérie, tant qu'Abd-el-Kader y serait. L'Emir aspirait ouvertement à l'empire du Maroc, depuis surtout que le prince Abder-Rahman, neveu de l'empereur, s'était réfugié auprès de lui. Il avait déjà un grand nombre de partisans dans les villes du Maroc et même jusque dans les rangs de l'armée impériale.

Il attaqua bientôt un parti de cavaliers marocains qui venaient à sa rencontre et le culbuta pendant qu'un de ses aghas Ben-Iahia, mettait en déroute les troupes du Khaïd El-Hamar, capturait cet officier et lui faisait trancher la tête.

L'empereur, avec toutes ses forces, marcha alors contre l'Emir pour le prendre avec sa deïra, campée à Kasbah-Zélouan, près de la mer.

Abd-el-Kader, inquiet de cette marche, prit l'alarme et se retira à Zaïou d'où, pour relever le courage des siens, il envoya un de ses officiers faire des propositions de paix à la France, tandis que son Khalifa Bou-Hamdi allait en son nom se soumettre à l'empereur du Maroc; Bou-Hamdi fut gardé à Fez et l'émissaire qu'il avait expédié aux Français fut renvoyé à la frontière.

Bientôt sa deïra se trouva resserrée de tous les côtés et une catastrophe lui parut imminente.

Aussitôt qu'il apprit ces nouvelles, le duc d'Aumale partit d'Alger pour se rapprocher du théâtre des événements.

Tentant un coup de désespoir, l'Emir avec ses cavaliers d'élite, se jeta sur un des camps marocains dont il s'empara pendant la nuit. Mais le lendemain, il fut assailli par toute la foule de ses ennemis et battit en retraite vers la Maloula, ou sa deïra fut enveloppée comme d'une enceinte vivante, dont il vit bien qu'il ne pourrait sortir.

Quelques jours se passèrent ainsi. L'Emir essaya

de traverser la Malouïa pour rentrer en Algérie ; les
Marocains et les Khabyles se précipitèrent contre
lui ; on le vit alors, au péril de sa vie, courir au
devant des assaillants, payant de sa personne, brave
comme un lion, réussir à passer la rivière et ramener tout son monde sur le territoire Algérien.

Mais en cherchant son chemin pendant l'obscu-
rité de la nuit, il interrogea un cavalier des goums
placé en vedette, et lui demanda la route pour
gagner les Beni-Snassen.

Le général Lamoricière informé aussitôt de la
direction qu'il avait prise, envoya des spahis à sa
poursuite et Abd-el-Kader traqué à coups de fusil,
se voyant dans l'impossibilité de résister, demanda
à parlementer avec le général.

La nuit et la pluie, l'empêchant d'écrire, l'Emir
apposa son cachet sur un papier blanc qu'il remit
à l'officier, en le chargeant de le transmettre au
général. Celui-ci, ne pouvant pas non plus écrire,
donna en échange, comme gage de sa parole, son
sabre et le cachet du bureau arabe de Tlemcen.

Toute la journée s'écoula sans solution ; enfin, à
11 heures du soir, Abd-el-Kader écrivit au général
en réclamant une parole française pour se livrer
sans défiance et se soumettre à sa destinée.

L'engagement fut pris immédiatement, et le lendemain, l'Émir se rendit au marabout de Sidi-Ibrahim, où il avait eu l'un de ses succès les plus
importants. Le même jour, à 6 heures, il arrivait à

Djemni-Ghazouat, aujourd'hui Nemours, où il fut introduit devant le duc d'Aumale, qui confirma les promesses du général Lamoricière.

Le 24 décembre 1847, il s'embarquait pour Oran, et là, ayant été rejoint par tous les membres de sa famille et toute sa suite, il prit passage à bord de l'*Asmodée*, et il arriva à Toulon le 1er janvier 1848.

La guerre était terminée, et la conquête de l'Algérie assurée cette fois, car l'Emir avait été le seul obstacle sérieux à notre progrès dans cette colonie.

Pendant ces divers événements, que faisait notre héros?

Il avait pris part avec son goum à toutes les affaires contre Bou-Maza et assisté à sa reddition, combattu avec nous en Kabylie et il soupirait après une paix qui lui permît d'exécuter les desseins qu'il avait médités sous l'influence de l'héroïque Française dont il avait fait sa compagne.

La pacification de l'Algérie, par suite de la reddition d'Abd-el-Kader, lui fournit les motifs qu'il demandait, et ce ne fût pas sans une secrète joie que dans les premiers jours de 1848, il dit à sa femme:

— Nous allons à Oran, et il ajouta bien bas, pour qu'on ne pût l'entendre, pour ne plus revenir ici.

Arrivés dans cette ville, les deux époux congédièrent leur escorte, et se rendirent chez leur sœur pour changer de costumes.

Disons ici qu'Emilie avait épousé un capitaine de chasseurs d'Afrique, un peu avant la mort de son père, car le digne M. Martin avait succombé en quelques jours, à une courte maladie ; et, la sœur d'Angèle était mère d'une charmante petite fille.

Les visites du Kaïd et de sa femme étaient rares, à cause de l'éloignement ; aussi tout fut-il en fête, à la maison, pour les recevoir.

Laissant les deux sœurs au plaisir de se revoir, Ali, après avoir revêtu son plus brillant costume, se rendit chez le général et là se prosternant devant lui, il lui dit :

— Général, aujourd'hui la paix est faite, l'Algérie est pacifiée, vous n'avez plus besoin de moi ; je viens implorer de vous, une faveur. Jurez-moi de me l accorder.

Le général lui jura que quelle que fût sa demande, il y adhérait d'avance pour lui prouver son estime et son affection tout à la fois.

— Eh ! bien, dit Ali souriant, vous êtes pris au piège, mais j'ai votre parole ; je viens vous apporter ma démission de Kaïd et vous prier d'en nommer un autre à ma place.

Le front du général se rembrunit.

Pourquoi donc, Ali-ben-Hassan, veux-tu renoncer à ce titre ? Les Beni-Amer t'ont-ils encore fait quelque chagrin ? où y a-t-il dans l'air quelque symp-

tôme de révolte? Tu sais combien l'on tient à toi
Ali, dis-moi vite ce qu'il y a.

— Grâce au ciel, général, rien de tout cela n'est
à craindre. Les Beni-Amer me témoignent au contraire une grande sympathie; ils sont heureux de
m'avoir à leur tête et plus que jamais décidés à
être fidèles à la France. Mais je ne puis demeurer
Kaïd plus longtemps, je le répète, et il faudra bien
que vous acceptiez ma démission.

— Certes non, dit le général. Je ne puis, du
reste, le prendre sur moi. J'écrirai au gouverneur
à ce sujet. Mais enfin, dis-moi quel est ton but.

— Écoutez, général, je vais vous le dire. Tant
que je serai musulman, je puis commander les Beni-
Amer, et ils m'obéiront. Mais j'ai promis à Dieu de
me faire chrétien, j'ai juré de tenir ma promesse et
je suis venu à Oran tout exprès pour cela. Vous le
voyez bien, il m'est impossible de rester Kaïd plus
longtemps.

Le général réfléchit un instant, puis il tendit les
mains à Ali, en lui disant:

— J'accepte, mais il faut, je te le répète, que je
puisse prévenir le gouverneur. Reviens dans quinze
jours; et tu seras satisfait. Et qui me proposes-tu
pour être ton successeur.

— Mon plus grand ennemi, mais aussi le plus
capable de remplir les fonctions suprêmes de Kaïd,
l'agha Ismaïl-ben-Thaleb. Je réponds de lui comme

de moi-même, l'ambition seul le possède, et une fois Kaïd, ce sera un fidèle allié.

Après avoir remercié le général, Ali rentra chez sa belle-sœur. Le même soir, il reprenait la route des Beni-Amer.

De retour à son douar, il fit appeler Ismaïl et lui dit : Je viens d'Oran, j'ai demandé pour toi, au général le titre de Kaïd et lui ai promis que tu serais fidèle aux Français. Puis-je compter que tu feras honneur à ma parole ?

— Oh ! dit Ismaïl, quelle grandeur d'âme Ali !... Mais pourquoi me choisir, moi ton ennemi ?...

— Comme le plus digne et le plus méritant. Ainsi je puis compter sur toi, Ismaïl ? Prépare-toi, à dater de ce jour, à me représenter.

— Mais pourquoi, nous quitter, reprit Ismaïl ? Les Beni-Amer te chérissent et te regretteront.

— Je veux vivre libre et seul avec ma famille, dit Ali ; aussi, Ismaïl, annonce ma décision à tes amis et convoque les scheiks, pour leur apprendre que tu me succèdes au commandement suprême.

Quinze jours plus tard, le général revenait aux Beni-Amer pour donner la nouvelle investiture du titre de Kaïd à Ismaïl-ben-Thaleb. Ali assistait à cette cérémonie et prit part à la fête, mais lorsque le général partit, il se retira avec sa famille et prit avec l'escorte la route d'Oran, emmenant avec lui ses bagages les plus précieux.

Un mois après, il recevait le baptême, des

mains de l'évêque d'Alger, qui avait voulu soleni-
niser cette conversion. Comme ce jour-là, Angèle
fut heureuse, et quelles actions de grâces elle rendit au Seigneur!

. . . .
. . . .

Aujourd'hui, sur la route d'Oran à Mostaganem,
le voyageur peut apercevoir une belle maison blanche, comme enfouie dans la verdure au milieu des
palmiers, des dattiers, des orangers et des oliviers.
S'il va frapper à sa porte hospitalière, il pourra y
voir un beau vieillard à la longue barbe blanche, et
à l'air patriacal, aux côtés d'une vénérable femme,
dont les traits, malgré la vieillesse, ont conservé les
restes d'une véritable beauté.

Ils sont entourés d'une nombreuse famille, car ils ont là leurs enfants et leurs petits-enfants, dont l'un va bientôt être père à son tour.

Tout, dans cette demeure, respire la joie, la piété, et la vertu. Et si l'étranger surpris demande aux Arabes, aux bergers du voisinage à qui appartient cette riante mais modeste habitation on lui répondre aussitôt : C'est la maison d'Ali-ben-Hassan, l'ancien Kaïd des Beni-Amer, et de sa dévouée compagne.

FIN

TABLE DES MATIÈRES

Limoges. — Imp. Marc BARBOU et Cⁱᵉ.

DEFET D'IMPRIMERIE TROUVE DANS LA RELIURE

Quelques-uns et, en redoublant : Tous !

... était pressée, de côté de la terre. Mais elle atten-

... était, le bas, debout sur son rocher, symbole de

... la Vierge Immaculée ; Consolatrice des affligés,

... souffrons, elle attendait ses prains fidèles. Mais

... fera le transporter pareille rapide si loin ! Vraiment,

... Première merveille de pouvoir arriver à Lourdes.

... tel était l'état de la malade qu'elle perdit con-

... quand on la transporta, avec tous les ménage-

... possibles, dans le compartiment où elle devait rester,

... entra la vie et la mort durant tout le voyage. Elle

... yeux éteints, la tête inerte, et retombant sur

... un ou l'autre épaule.

Mais elle avait la foi !

... Clermont-Ferrand, comme où le lassait sur une voiture

... conduire à Notre-Dame du Port, un jeune homme

... pris dans la foule : « C'est cruel, de transporter la

... mourante ! »

... Facile, presque évanouie, surmonta sa faiblesse pour

... Non ! Je reviendrai guérie

... après à Lourdes »

www.ingramcontent.com/pod-product-compliance
Lightning Source LLC
Chambersburg PA
CBHW061439030726
47503CB00005B/1484